陽光小姐

ミス・サンシャイン

吉田修一

劉姿君——譯

目次

ミス・サンシャイン

梅與女

那是一道氣派非凡的石牆，外觀看似小型城堡，坐鎮在門兩旁的蘇鐵威風凜凜，活像阿形與吽形的金剛力士。

牆內便是目的地「皇宮廈」[1]無誤，岡田一心死到臨頭卻還喃喃自語著：「真的是這裡嗎？」在石牆前來來回回。

聽到一心這個名字，很多人會以為家裡大概是淨土真宗的寺廟，將來會當和尚，但一心的父親是中堅電機製造商的業務，母親則是愛好烹飪的專職主婦。順帶一提，岡田家隔壁不是寺廟，而是一間小教會。

既然如此，一心這個名字從何而來呢？說起來還頗浪漫。據說婚前父親在寫給母親的情書中用過「一心」這個詞，做兒子的不好意思問前後文究竟是什麼，但據母親說，那封信非常打動她。

話說回來，一心杵在金剛力士像般的蘇鐵前，被他捏在手裡的，是寫有這皇宮廈住址的紙條，以及專題研究指導教授的介紹信，但紙條已經因為一心的老毛病被折成紙飛機了。

果然就是這裡了吧……

一心放棄掙扎般低聲說完，又說了聲「好」，鼓起勇氣走進大門。

門面如此，進了大門之後也不可能是一般熟悉的華廈吧，從大門向內延伸的石板路彷彿通往茶室，而寬闊的庭院裡貌似樹齡不小的樹木欣欣向榮。

一眼看過去，像個規模不小的公園。不，與其說是公園，倒像是緊鄰他住處的皇居或北邊的丸公園、千鳥之淵的濃密森林，一小部分被颱風還是什麼原因吹到這裡來了。

在這座小森林盡頭，有一座小型的紅磚華廈。就是所謂的復古華廈，與附近林立的高樓豪宅迥然不同。

華廈內的入口大廳光線昏暗，但打掃得很乾淨。觀葉植物的葉子綠油油的，盆栽花卉五顏六色，加上擦得亮晶晶的地磚，可見管理員對這份工作樂在其中。

一心拆開紙飛機紙條確認號碼。

---

1 パレスマンジョン，特指位於高級住宅區內的豪華公寓大廈。

頂樓四〇一。

做了一個深呼吸，按下對講機的按鈕，鈴響了幾聲後傳來的那聲「喂」比預期的年輕得多。

「早安！」

因為緊張，一心的聲音大得像剛進社團的新社員。

「啊，不好意思，那個，我叫岡田一心，是五十嵐老師介紹我來的。」

一心被自己的大嗓門嚇得一顆心怦怦亂跳，一邊把話說完。「哎呀，已經這麼晚了？」不知為何對講機另一端的人也著急了起來。

「不好意思，我是不是太早來了？」

「不是，是我弄錯了。倒是你，院子裡的梅花很美吧？」

「欸？」

「就是，院子裡的梅花。」

「欸？院子裡沒花？」

「呃……外面院子裡的花不是正開著嗎？梅花。」

緊張到這種程度，一心自己都忍不住笑了出來。「哦，院子啊。」說著回頭一看，映入眼簾的是盛開的白梅。剛才他的注意力都被華廈雅緻的建築吸引，明明從旁經過卻沒注意到。

「請進來吧。」

對講機掛斷，中控的門打開了。

一心以「打擾了。」回應已經掛斷的對講機，不知為何刻意避開自動門的軌道，踏步跨了過去。

正面的大片玻璃之後是中庭，目前沒有啟動的噴水池裡積了一些枯葉。

電梯旁是一排信箱，全部大概有十戶左右吧。

四〇一號寫的是「石田鈴」。字跡已經很淡，但本來一定是用很好的鋼筆墨水寫的吧。

因為名字與這幾天一直聽到的「和樂京子」不同，一心迷惘了一瞬，但昭和的大明星當然不會把藝名寫在門牌上。

是唸作「Ishida Suzu」還是「Ishida Rin」呢？無論哪一種，這個本名都有點土氣。

專題研究的指導教授五十嵐老師找上一心的時候，一心正在學生餐廳裡認真煩惱要點綜合炸物A餐，還是便宜五十日圓的麻婆豆腐B餐。

「啊，對了，岡田，」已經吃完飯要離開餐廳的老師停下腳步問道：「你有在打工嗎？」

「沒有。有的話，我會直接點A餐。」

老師沒有把一心的回答放在心上，接著問：「我有個工讀的機會想介紹給你，有興趣嗎？」

「有。」

原本打工得如魚得水的書店因大樓改建而歇業，店長介紹他到其他分店，但搭電車轉車要一個鐘頭，他才剛放棄。

「不過，工作內容會是什麼現在還不清楚。」

這位老師本來就很溫吞，一心實在不放心。

「家教？搬家公司？咖啡店？」

「不是，不是那些。有點像家庭幫手……」

「那我就不行了，煮飯、洗衣服、打掃，我全都很遜。」

「不是，那些已經有人做了。不是那些，比較像是家裡需要出點力氣的工作，有人問我有沒有可靠的年輕人。」

「喔。」

這樣的話一心就能想像了，應該是準備搬家之類的人需要短期工讀生吧。

「你這個年紀的，應該也知道和樂京子吧？」

老師問起，一心便回答：「知道啊，演《隱密道中　月影一座》的女星對吧？用翠玉殺壞蛋的流浪劇團女團長。」

那是一齣人氣時代劇，因為父親喜歡，一心小時候經常陪看重播。

「就是那位和樂女士家啊，我想介紹給你的打工。」

當然不是叫他加入到處巡演順便懲奸除惡的流浪劇團，但實在很難想像身為研究生的自己和昭和時代傳奇女演員會有什麼關連。

來到四樓，出了電梯，走廊分成兩邊。每一層樓好像只有兩戶，和樂京子的住處在右手邊。門口感覺略窄，但就華廈的規模來看，門後的室內坪數應當不小，無論在陽台的哪個角落應該都能將前庭的景色一覽無遺。

打開門廊的門，正要按門鈴的時候，玄關的門開了。

「門鈴壞了。」

出現的當然就是那位和樂京子。

此刻她沒有戴《隱密道中　月影一座》中的古裝假髮，幾近於沒有帶妝的臉上，氣色好得像剛泡完澡，只比印象中少了一點的頭髮梳成一束，尤其，在薄薄的毛衣底下柔和隆起的豐滿胸部，性感得一點也不像年過八旬的女性。

其實在來之前，一心一直憂心忡忡。儘管是昭和時代的大明星，這十年來她幾乎沒有公開露面，萬一門後出來的是個被反覆劣質整型手術整壞了臉的老嫗，自己掩飾得住驚嚇嗎？又或者，人家畢竟是昭和的大明星，要見自己這個區區研究生時，會不會根本隔著簾子連面也不露？諸如此類的。

結果出來的是一位氣色好得像剛泡過澡的女性，雖然實際上是老太太，卻讓人不好意思喊她老太太的人。

「您好，敝姓岡田。請多指教。」一心行了一禮。

「我也要請你多指教。來，先進來再說。沒有什麼馬上要做的工作，慢慢來就可以了。」

被請進門之後，和樂京子拿出拖鞋給一心。點綴著薔薇圖案荷葉邊的拖鞋顯然裝不下一心的大腳，但人家拿出來的他也沒得挑。

「那個，石田女士，這個是給您的。」一心首先遞上五十嵐老師的介紹信。

和樂京子當場拆封，一邊說：「叫我鈴姐就好，大家都是這麼叫的。」

「啊，是。」雖然點了頭，一心卻沒有勇氣立刻接著說「那我就不客氣了，鈴姐」。

「來，叫叫看。叫人這種事，只要叫過一次就會習慣了。」

看來她好像有點性急。

「那、那個……鈴姐，請多指教。」

「好，彼此彼此。」

鈴姐邊回答邊掃視介紹信，「不過，你竟然沒注意到院子裡的梅花，走路都在看哪裡呀！」又回到之前對講機裡的對話，同時往走廊深處走去。

一心跟著她，來到採光極佳的起居室。說不上時髦，倒是被鮮花圖案的椅子和沙發弄得像花壇。實際上鮮花也很多、很香。

起居室深處，有一座同樣採光極佳的陽台。如果說一心住的公寓的陽台是徒手划的小船，這裡的就是豪華遊艇。

走到陽台上的鈴姐向他招手，一心於是穿過芬芳馥郁的起居室。正想著那套看起來要價不菲的沙發上有靠枕，就看到貓在上面打鼾，似乎一點也不怕生。

「你過來看看。」

鈴姐在陽台上要他看的，是滿樹燦爛的梅花盆栽。就好像前庭裡的梅花，其中一根樹枝被颱風還是什麼吹過來似的。

「好漂亮啊。」

「可不是嘛！」

「可是我對盆栽一竅不通。」

「我也不通呀，不過漂亮的東西就是很漂亮。」

將鼻子湊到梅花旁的鈴姐說：「來，聞聞。」讓出了位置給一心。

這樣站在旁邊，就知道鈴姐個頭相當嬌小。大約只到一心的肩膀。但眼睛大得驚人。黑眼珠明亮清澈，一般我們形容一個人的眼睛好像會把人吸進去，指的大概就是這樣的眼睛吧。

一心脱掉荷葉邊的室內拖，換上橡膠拖鞋，學著鈴姐把鼻子湊到梅花前。的確有股甜香。

因為四周多是冷冰冰的大樓，陽台看出去的景色說不上好，但前庭很大，得以擁有一片清朗的天空。

「這株梅花呀，是從下面的梅樹偷來的。」

鈴姐小小地吐了吐舌頭。

「偷來的？是折樹枝回來嗎？」

「用折的一下就枯了。我是串通了園藝師傅，偷偷壓條來的。」

「壓條？」

「壓條啊，這個嘛，該怎麼解釋呢……比方說有一根形狀很漂亮的樹枝好了，要先把那根樹枝根部的樹皮剝下來，再用土包起來。」

「用土包？」

「對。不是有那種小小的塑膠花盆嗎？買那個來，包住剝掉樹皮的地方，再把土填進去。這樣一來，根就會長在那個花盆裡啦。等根長好之後，就鋸掉那段樹枝，連新的根一起移到另一個盆裡。」

一心大致可以想像，但根有這麼容易長出來嗎？

「我和園藝師傅半夜偷偷弄的。半年呢，要半年根才會長出來。我一直提心吊膽，就怕被管理員和這邊的住戶發現。所以，半年後看到新的根真的長出來的時候，我高興得抱緊了園藝師傅。」

一心從陽台俯視前庭的梅樹，彷彿可以看見半夜偷偷壓條的鈴姐和身穿短褂的園藝師傅。

將視線收回到陽台。陽台上的那個花盆相當大，逶迤垂下的梅枝約有一個纖細女子的手腕粗。要是突然把這麼粗的樹枝鋸掉，那個那麼用心照顧入口觀葉植物和盆栽的管理員一定會發現。

「可是，鋸掉這麼大的樹枝，不會被人發現嗎？」

一心從彷彿自花盆溢出的枝椏底下看過去。
「壓條的時候沒這麼大，鋸回來的時候才這樣。」
鈴姐的兩根食指拉開自己肩寬左右的距離。
「現在變這麼粗？」
「對呀。很厲害吧？」
「請問，是什麼時候鋸的？」
「什麼時候啊……已經十年有了吧。連園藝師傅都走了。葬禮的時候花正好開著，我就請他們讓我把這枝梅花放進棺木。」
一心又從陽台俯視庭院的梅花，彷彿能看見兩個惡作劇般偷偷壓條的身影，但萬萬沒想到那竟然是十年前的事了。
十年前，一心還是國中生。頭一次約會搭摩天輪，高到頭暈吐出來的那個時候，已是遙遠的記憶。
一心再次看向鈴姐。
這個人把十年前的事說得像昨天發生的一樣，或許，對這個人而言，十年前的事真的就像昨天發生的一樣。

假日的多摩川河畔，鋁棒清脆的擊球聲在藍天下響起。有如被盛大的歡呼聲牽動般，一心望向隔壁球場。擊出的球朝藍天飛去。

隔壁球場正在進行的業餘棒球賽應該跟這邊是同時開始的，但一心所屬的「市尾引擎」隊第六局就被提前結束比賽，輸給了設計公司的隊伍「多摩川湖人」。

市尾引擎這支弱小的球隊，是由在神奈川港北地區發展的中古車連鎖店所組成的業餘球隊，一心的總角之交山下在他們的多摩廣場店上班，當初為了湊人數才找他的。幾乎沒碰過棒球的一心都能打第六棒還擔任游擊手先發出賽，球隊的實力可想而知。

正拿著毛巾擦臉上的汗，怔怔望著隔壁的比賽時，在旁邊換衣服的山下問起：

「然後咧？打工費有多少？」

早早提前結束比賽的敗方隊伍板凳區裡，連鎖店社長夫人正到處發剩下的飯糰給隊員，要大家帶回家。一心分到一個柴魚餡料溢出來的飯糰，告訴山下：「看時間，大概一天一萬日圓。」

「這麼多？只是聽那個老太太說梅花的事而已。」

山下已經吃起分到的飯糰了。

「只是第一天吧，之後好像要我整理附近租的倉庫，應該是要出很多力的吧。」

「所謂的『終活』[2]嗎？」

聽山下這麼一問，一心「喔」了一聲，才總算想到有這種可能。

「那那那，會不會有年輕女演員去玩？既然以前是女演員，應該有來往吧？」

「人家都已經息影超過十年了，我想是沒有。」

「那，就是跟老太太兩個人一起收東西喔。好吧，一天才幾小時就賺一萬也是不錯。不過要是我的話，還是比較想去有可愛打工妹的咖啡店之類的，時薪低一點也沒關係。不然你不覺得很浪費時間嗎？」

2 晚年時，為了面對死亡或人生的最終階段，減少在世親人的負擔，而做了一系列安排和規劃，內容包括遺產、遺囑、遺物等，是「就活」、「婚活」等的派生詞。

換好衣服的山下背起包包。

「我送你？」

「不，不用了。我走回去。」

一心走向通往最近車站的土堤。土堤綠油油的，河岸上的藍天無邊無際。

還好，順道去的咖啡店沒什麼人。他點了常喝的豆子做的美式，在窗邊的吧檯座位坐下。

這裡到車站有一段距離，據說總店開在挪威，大玻璃窗的綠色木框和裝潢的白木讓人心情很放鬆。

一心喝了一口熱美式，打開筆電。播放昨晚找好的電影，將耳機塞進耳朵。

那是一九四九年拍的黑白片。影片一開始，膠捲拍攝的畫面不斷晃動，然後書法字體的片名《梅與女》被特寫出來。

這正是和樂京子的出道之作。

故事是描寫二戰後，復員回到山陰地區[3]的年輕僧侶，與造訪當地的馬戲團舞女之間短暫的戀情，和樂京子飾演這位純樸僧侶的妹妹，只有幾場戲。

畫質粗糙加上台詞很少，也沒有特寫，無法看清她的臉，但十多歲少女活潑的雪白笑容宛如梅花，讓一心不禁看呆了。明明是黑白片，卻覺得她的臉頰上了淡淡的顏色。

「這是老電影吧？」

突然有人搭話，一心趕緊拔掉耳機。一回頭，年輕女店員站在那裡。

「啊，對……很老了。」

因為太過突然，一心只能重複她的話。他固定來這家咖啡店已經三個多月了，這是除了點東西之外頭一次和她交談。

她看了一會兒筆電螢幕上的電影後，用手上的抹布擦起旁邊的吧檯。今天也是第一次，從側面看她那有點曬黑、纖細的下巴線條。

「那個……妳喜歡老電影？」

3　泛指本州西部面向日本海一側的地區，涵蓋馬取縣、島根縣和山口縣北部地區。

一心大著膽子對邊擦吧檯邊走遠的她說。

「那是成田三善導演的作品吧？」

聽她這麼問，「對、對。」一心點頭道。

「我很喜歡這位導演的作品。」

她露出僅勾起嘴角的微笑，疊好髒掉的抹布，回到收銀台。一心一如往常望著映照出她背影的玻璃窗。

在鈴姐家看了梅花盆栽後，鈴姐又請一心喝紅茶，還吃了附近西點蛋糕店的費南雪，口感濕潤、奶油味香濃，一心最後忍不住吮指回味。

鈴姐說附近有個被她用來當作儲藏室的小公寓，叫他一起去看看。一心問：「要整理那裡的東西嗎？」

「那裡要整理，這屋子裡的東西也想麻煩你慢慢整理起來。」鈴姐環顧花壇般的起居室說。

「來，圓圓，散步了。」

鈴姐叫睡在沙發上的貓，貓沒有反應，但一看到附了水手服的散步牽繩，便從沙發上跳下來。尾巴豎得又直又高，顯然很是開心。

「貓也會散步嗎？」一心不禁問道。

鈴姐熟練地給圓圓穿上水手服，「就是啊，很稀奇的貓。」表示自己也很意外。

來到外面，圓圓一副熟門熟路的樣子跳上前庭低矮的石牆，以優雅的腳步走過。看來是慣常的路線，只見牠半路從愈來愈高的石牆上跳下來，挨著鈴姐的腿走。

「我頭一次看到遛貓。」

一心跟著靈巧地走在護欄上的圓圓。

鈴姐和圓圓的距離感很完美，牽繩一繃緊，圓圓便會停下來等。

「牠連大狗都不怕呢，偶爾還會嘶聲恐嚇。一定是像飼主。」

笑得愉快的鈴姐健步如飛，有時候腳步悠哉看街景的一心還必須快步追上。

「平常我們都會走到和歌山縣或鳥取縣。」

「咦？」

一心不明白她的意思。

「皇居四周的路面上，每一百公尺就有一塊地磚介紹全國各都道府縣的花。千鳥淵的十字路口是滋賀和京都，逆時針方向走到半藏門就是和歌山縣。我自己健走的時候，有時會走到長崎才回來。」

「長崎在哪裡？」

「櫻田門，警視廳前。」

「我是長崎人呢。」

「哎呀，是嗎？長崎市？」

「是的。鈴姐也是長崎人對吧？」

「哦，是嗎？你也是長崎人啊……」

看來遛貓還是很稀奇，行經的路人都投以好奇的眼光。只不過鈴姐和圓圓都習慣了，一點也不在意。

在快要來到皇居的護城河，一個看似正在建設新華廈的工地前，圓圓突然用力扯動牽繩往前衝。舊建築已經拆解，大大寫著建築公司名稱的綠化牆後方，空出了一大片藍天。

「圓圓，警衛姐姐今天也在呢。」

鈴姐也被圓圓拉得略微加快了腳步。一心好奇跟了過去，看到一個女警衛獨自佇立在防護牆前。看來沒有卡車與作業人員出入，她似乎很無聊。

女警衛立刻就注意到圓圓，蹲下來說：「圓圓，今天媽媽也帶你散步呀。」圓圓在她腳邊用身體磨蹭著地，露出白白的肚子討摸。

女警衛應該六十多歲吧，曬黑的臉上沒有脂粉味，一身長期從事這份工作的派頭。

「今天很暖和，感覺很舒服吧。」

鈴姐對揉著圓圓肚子的她說：「啊，對了，今天帶了禮物要送妳。」從包包裡拿出一個小盒子。

鈴姐遞給抱著圓圓站起來的她的，是一個小巧的女兒節娃娃。那是個瓷偶，裝在手掌大小的玻璃盒裡，看起來有些年頭也很貴重。

「想說送給妳前陣子出生的孫子。」

突然收到禮物，她似乎很驚訝，不時推著尺寸太大而下滑蓋住額頭的安全帽，眼中浮現淚光。

「自從這裡開始施工，圓圓就一直很期待遇到妳呀。我遛圓圓這麼久，圓圓願意親近的，就只有妳一個。」

「可是，這麼好的東西，我不能收。」

「算不上多好啦。不過，很漂亮吧？我想這是有田燒，是很久以前一個朋友送的。妳就別客氣，收下吧，這個娃娃也會很開心的。」

一心站得遠遠看兩人說話。走在東京，一定會有地方在施工，工地也一定會有警衛站崗，但他第一次看到有人和這些警衛交流。

並不是因為和警衛交流就怎麼樣，反之沒有交流也不表示什麼。他只是知道了，原來鈴姐是個會為警衛孫子的誕生賀喜的人而已。

ミス・サンシャイン

肉體派女演員　其一

「就是這裡。」鈴姐不知所措般低聲說。

一心所在的地方，是一般電梯公寓的玄關，但就堆滿紙箱的走廊和裡面的房間看來，可以說完全沒有生活感。

「我一直把這裡當成儲藏室來用，可是也不得不整理，這棟老公寓好像要改建了。」

原來如此，這才是自己的工作啊。一心聳聳肩，看著處理起來想必相當費事的大量物品。

就像鈴姐事先說的，這裡和她住的地方比起來空間很小。小小的餐廳兼廚房，再加上三坪和二坪多的和室。不過，和室已經被紙箱和書籍遮蔽，完全看不見榻榻米，只有餐桌旁的兩張椅子可以坐人。

「我平常只有通通風，幾乎沒有用到水和電，不知道還能不能用。」

鈴姐卡嚓卡嚓按了牆上的開關，還好餐廳的日光燈閃了閃。

據鈴姐說，她是近二十年前買下這間電梯公寓，當時她住在世田谷的獨棟房，而在市中心劇院的舞台劇演出開始變多，覺得要來往劇院和排練場應該很方便，便決定買下。

「我也考慮過住飯店。山田五十鈴[4]小姐說過，女星要是沾上人間煙火味就完了，所以她一直住帝國飯店，可是啊，不能開窗的屋子總令我喘不過氣來，沒辦法呀。」

鈴姐會隨口提到大明星或大師巨匠的名字。只是她說得實在太隨意自然，對一心而言，感覺就和聽到歷史人物，好比幕末志士一樣。

給一心的工作，簡單地說，就是整理這間儲藏室。鈴姐本來是打算等她走了就請人把這些東西一併處理掉，但研究電影戲劇史的五十嵐教授卻認為這間儲藏室裡沉睡著一級史料。於是現在就先由一心把東西整理出來，給五十嵐教授審查，鈴姐很樂意捐贈。

「對了，我看了《梅與女》。」

鈴姐說所有東西都可以打開，一心便就近撕掉一個紙箱的封箱膠。鈴姐忙著打開

4 山田五十鈴（一九一七〜二〇一二），是昭和時代具有代表性的演員，也是首位獲得文化勳章的女演員。

窗戶通風，但外面的冷空氣一下子灌進來，又忙著去關。

「那是鈴姐的出道作品吧，是一位美國攝影師向電影公司介紹您才出道的，對不對？」

也不知有沒有在聽一心說話，鈴姐關好窗戶後在餐廳的椅子上淺淺坐下來，忍著噴嚏般抽動鼻子說：「一開窗，反而覺得灰塵很重。」樣子好像少女。

「五十嵐老師說，先把資料和書籍依年代分類，所以我從手邊的紙箱開始喔？」

「說是美國人也沒錯，不過那位攝影師詹姆斯．野田先生是日裔第二代。他寫信來，說東京的電影公司要辦試鏡，叫我馬上過去，那時候我媽和親戚都很擔心我被騙去賣掉。可是我去了，在只見過一面的日裔美國兵幫助下，我搭夜班火車，離開了長崎。」

鈴姐的敘事，聽起來好像在聽朗讀劇。一方面也是因為鈴姐懷念地回想起往事，使得夜班火車緩緩駛離月光溶溶的長崎市街的情景，與汽笛聲和車輪聲同時浮現在一心腦海中。

儘管當時戰爭已經結束數年，但原爆地長崎有多荒涼，每個當地人從念小學就開始接觸。在課堂上和原爆資料館裡看過的無數悲慘黑白照裡的景象，就如鈴姐透過夜班火車車窗看到的景色般浮現。

只不過，鈴姐話當年的聲音很開朗。搭乘夜班火車的少女作著演員夢，透過車窗吹進來的風撫著她的黑髮。

一心回想著《梅與女》中的和樂京子，對有點思鄉的自己苦笑了起來。他取出手邊紙箱裡的東西，都是電視劇的劇本，看起來倒也沒有老舊到具有歷史價值的程度。

鈴姐用她帶來的濕紙巾將餐桌擦乾淨了，便喝起同樣是自己帶來的熱水壺裡的紅茶。她給一心帶了紙杯，招呼他說想喝就喝。

房間雖然灰塵有點厚，但紅茶茶香四溢。

「我是穿著最好的洋裝去的，結果一到東京，那個攝影師詹姆斯竟然說：『這麼土氣的衣服給人印象不好。』然後就幫我跟他認識的女性朋友借了試鏡用的衣服。借衣服給我的是進駐軍的打字小姐，名叫琳達，一頭白金色的頭髮真是美極了。」

那位琳達小姐借她的，是一件大圓點的無袖連身洋裝。

「我呀，就當時的日本人來說，是豐滿了一點。」

鈴姐說得平常，但她那凹凸有致、超乎日本人水準的身材後來不但風靡日本，也迷倒了全世界的觀眾。

向那位進駐軍的打字小姐琳達借的衣服，穿在鈴姐年輕豐滿的身體上肯定很合身，吸引了試鏡現場所有男人的目光。他們一定從鈴姐那與當時印象中營養不良、又瘦又小的日本女性身材大相逕庭，足以震懾男人的肉體上，嗅到了新時代的氣息。

事實上，鈴姐當場通過了「日映」這家大型電影公司的試鏡，演出後來的出道作品《梅與女》。

雖然受到巨匠成田三善導演的破格提拔，遺憾的是，劇中的角色——戰後返鄉的青年僧侶的文靜妹妹，並沒有引爆和樂京子的魅力，或者不如說，當時的日本電影完全不存在適合和樂京子這位規格外女演員的角色。

「我呀，初吻就是跟那位琳達小姐呢。」

鈴姐驀地笑起來，一心停下了疊放雜誌的手。正好太陽從對面大樓露了臉，灰塵滿布的室內像人一下紅了臉般亮起來。

「我不知道琳達小姐是不是喜歡女人。不過，有一次我們兩個人單獨待在她房間裡，她說：『妳的嘴唇紅紅的好像水果。』琳達小姐的嘴唇也很軟……討厭啦，我怎麼說起這些來了。」

一到東京，鈴姐便住進日映的演員宿舍。只是，她幾乎不會待在狹小的宿舍裡，而是和事事照顧她的攝影師詹姆斯和琳達他們，享受美軍佔領下的東京夜晚。

「高級香水、美味的牛排、甘醇的白蘭地，還有英語，全都是琳達小姐帶我認識的，還有腳要怎麼交疊、妝要怎麼化、怎麼笑。我是個剛從九州出來的村姑，不會講話又怕生。真的，那時候要不是認識了琳達小姐，也許我根本不敢站到攝影機前。」

話說到一半，門口那邊傳來聲響，好像有人來了。但鈴姐不以為意，繼續說下去。

一心好奇是誰，躬著身探頭去看走廊，只見一個雙手提著百貨公司紙袋的女人，簡直像是故意拿紙袋撞牆壁和紙箱似的走進來。可能因為有張圓潤的臉，看來比鈴姐年輕幾分。

「就這樣學著進駐軍的人什麼都玩，玩出了一個戰後派女演員。」

大概是聽到鈴姐的話她才這麼說，但實在有點兇。「妳來啦？」鈴姐一副習以為常的樣子，沒有刻意熱絡。

「不是妳叫我帶打掃工具過來的嗎？」

「奇了，我不是說我自己帶嗎？」

「好歹開個窗吧，窩在灰塵這麼多的地方喝什麼茶。」

「一開窗灰塵飛得更厲害呀。」

她們並不是在吵架，好像平常就是這樣說話的，但不認識她的一心卻惴惴不安。這位多半就是五十嵐教授說的負責所有家務的女性，但真要說的話，更像是不知道是感情好還是不好的姊妹。

一心想打招呼，從紙箱之間站起來。「你就是來幫忙的？五十嵐老師怎麼派一個弱不禁風的來呀。」話說得一點也不客氣。

「不好意思。」

連招呼都打不成，一心先道了歉。

「我還以為會派個更擅長運動的年輕人來呢。畢竟要整理這些大石頭似的紙箱……你行嗎？」

被人一本正經地問行不行，一心並沒有受過橄欖球或柔道的訓練，多少有些不安，但好歹有這個年紀該有的體力。

後來他才知道，這位毒舌女性是鈴姐多年的經紀人，名叫市井昌子。

其實她也不是毒舌，而是凡事說真話的那種人，好比會對累積了大量眼屎的圓圓說：「啊——真是的，看你的臉髒的。你怎麼老是這樣。」一邊說邊疼得要命。

結果，在到處開窗的昌子姐的魄力下，一心連招呼都打不成便回頭去做事了。

昌子姐看了一輪室內的狀況後，一屁股坐進椅子。她比鈴姐年輕一輪，臀部的贅肉還彈力十足。

「我是拜託五十嵐老師幫忙介紹一個健康的孩子。」

鈴姐忽然開口說。

發覺那個健康的孩子指的是自己，一心不禁「咦？」了一聲抬起頭。

昌子姐對鈴姐的話並不感興趣，看著從錢包裡拿出來的一張長長的收據說：「沒有好的瘦肉。好的肉都是肥的。」

「說到這，一次買個四、五百公克，店裡的人就問：『今天孫子們要回來嗎？』謊話只要說過一次就完蛋。騙都騙了，我總不能現在才改口說：『不是，這是兩個老太婆要吃的。』不過，能吃、能睡、能拉，比什麼都好。」

對昌子姐的話，鈴姐插嘴道：「什麼話，又不是河馬。」

「喲，河馬好呀，不挑食什麼都吃。」

一心漸漸習慣兩人毫無顧忌的交談方式。一旦習慣，就被那簡短爽利的節奏感染，工作也神奇地大有進展。

不過，一心心想，話題雖然被打斷了，但鈴姐剛才是說請五十嵐老師介紹健康的孩子。

雖然不知道五十嵐老師是以什麼標準選的，但就很少感冒這層意義而言，自己是很健康沒錯。

只不過，說起來也很可悲，自己國小國中高中都極其平凡，一心認為，如果有人叫他畫一個平凡的男中學生，畫出來一定就是自己這樣的人。

既沒有特別自卑，脾氣也沒有特別彆扭。當然，平凡的學生也有他們的青春、戀愛的喜悅和煩惱，每每會因此或悲或喜，但稍微環顧四周，大家都是這樣或悲或喜的，結論便是自己果然很平凡。他曾對這樣的自己鬆了一口氣，認為可以和大家肩並肩，熱熱鬧鬧走向同樣的人生，自己很幸運。

和大家一起從大學畢業，也進了很受歡迎的企業，卻在工作了一年時，腳步突然停頓了。不是身體不適或憂鬱這類因素，而是本來走得順當的腳步突然停止了。

他環顧四周，同期同事和大學的朋友都和往常一樣繼續前進。他倒也不太心急，反而有點驚訝。原以為會因為自己和大家離得愈來愈遠而感到不安，繼之奮起直追，不知為何偏偏這時候硬是待在原地不動。

他沒有找任何人商量就辭了工作。並不是對之後有什麼新的展望。回想起來，確實是太天真，但這時候他才頭一次發現：「對喔，可以自己做決定才是美好的人生。」

辭掉工作後，他在國內旅行了兩個月左右。本以為會有些戲劇性的相遇，但也不是以此為目的。只是那個時候，他忽然想起一件事。剛從長崎來到東京時，頭一次獨自一人去新宿的名畫座[5]看電影，上映的正好是小津安二郎的《東京物語》。

5　播映經典電影的二輪戲院。

他完全不懂這部老電影好在哪裡。一個剛上大學的十八歲男孩，當然不可能對一個養大孩子之後失去多年髮妻的老人的寂寥產生共鳴。

明明不懂，明明無法有共感，那老人的身影卻讓一心淚流不止。連一心自己都嚇到了。他哭得抽抽噎噎，鄰座的女性甚至吃驚得轉頭看他。

當天從電影院拿的傳單背面，刊載了五十嵐老師的影評。一心不懂電影，評論的文章對他來說難以理解，卻認為這位老師應該可以告訴他今天的淚水意味著什麼。

有一個從沒打開過的紙箱。

上面的宅配單還原封不動地貼著。一心事先得到許可，便打開了紙箱。裡面是題為《和樂京子評傳——肉體派戰後女演員的誕生》的書籍，二十本新書原封不動，應是出版社寄來的。

「請問，這個。」一心說著，取出一本讓兩人看。

鈴姐似乎根本不記得了，反倒是昌子姐想起來：「哦，那個，是前陣子出的書吧。」昌子說前陣子，單子上的日期卻是十年前。看來是鈴姐剛息影時出的。

一心直盯著用來當封面的和樂京子照片。就像貓女的形象那樣，這張黑白照片裡的她，一身豐滿的肉體穿著黑色內衣，以隨時都會撲咬上來的表情盯著鏡頭。

「男人，根本不能信。」

評傳的文案設計得很煽情。

戰後派女演員這個詞，一心是進了五十嵐老師的專題研究小組才知道的。源於法文 après-guerre，意思是「戰後派」，於一九五〇年代初起席捲日本電影界的「女性電影」——例如在描寫專門服務進駐軍的妓女或在紅線（公娼寮）／藍線（私娼寮）區堅強求生的女性作品當中，毫不吝惜地展現年輕的肉體，飾演顛覆傳統社會價值觀的角色的女演員，便被稱為肉體派女演員或是戰後派女演員。

和樂京子可說是當中的佼佼者。何止「可說是」，「肉體派」和「戰後派女演員」的說法根本是因為她的出現才廣為流傳。

這本評傳的封面所採用的照片，出自成田三善改編昭和文豪谷本荒次郎的作品《洲崎鬥牛》這部電影，和樂京子在片中飾演執著於金錢的紅線女子，揪住意圖騙走她存款的男人大打出手。即使被踢被打、被推倒被撞飛，也絕不放棄，揪住男人的胸口大喊：「還來！還來！」

而鏡頭則是給了她受傷的雪白大腿與手臂大大的特寫。

「我先回去囉，要餵圓圓。」

一心還在整理書籍，鈴姐不知何時已經開始收拾，準備回家。還以為昌子姐也會和她一起走，昌子姐卻說要把廚房打掃完再走。

「以後你就要在這裡做事了，廚房起碼要可以燒水泡茶才行。」

鈴姐走過來拿起一本她自己的評傳，告訴一心：「穿這身內衣讓我覺得好丟臉好丟臉，開拍之前還在哭。你看，眼睛是腫的。」

聽她這麼一說，眼睛果然看起來像充了血。不過也因為這樣，照片活生生地傳遞出不知是憤怒還是悲傷、認命還是執著的情緒。

鈴姐回去了，昌子姐卻遲遲不去打掃廚房，反而發呆似的看著一心工作。倒也不是因為有興趣，似乎是因為一心是屋子裡唯一在動的東西。

「請問，昌子姐剛才是去哪裡買東西？」

氣氛太沉悶，一心試著問。

「咦？」

昌子驚訝得好像正在看電視，電視卻跟她說話一般，但回了「啊，喔。三越，日本橋的」之後卻不在意一心的反應，一股腦兒說起在這都心超高級住宅區一帶購物經驗的變化。

據昌子姐說，這一帶一直到七、八年前，才開始出現所謂的超市。當然也沒有便利商店，當時居民買東西不是靠消費合作社送，就是去銀座或日本橋的百貨公司。

「本來啊，喏，像鈴姐家住的那種蓋給外國人住的華廈只有五、六棟，可是後來到處都是大豪宅不是嗎？那裡面住的大老爺可都是黑頭車接送的人物。最近啊，這一帶也蓋了好多住宅大樓，每次看到下班的男人提著裝了蔥的超市袋子回家的樣子，會覺得這裡真的變了很多。」

從昌子姐的話裡聽得出來，去銀座和日本橋的百貨公司購物的人，一定是幫傭。

「那，以前這一帶一定比現在安靜很多吧？」

沒有便利商店和超市很不方便，也找不到什麼可以誇的，一心以一般小市民的想法回應道。

但昌子姐似乎講完就滿足了，說聲「對了，不知道這裡有沒有熱水」轉移了話題，卻也沒有要去確認的樣子。

「請問，昌子姐跟鈴姐很久了嗎？」

一直被盯著看也很令人窒息，一心便發問。結果昌子姐笑出來：「何止久呀。別說你了，我跟她的時候你爸你媽都還在喝奶呢！」然後又完全不顧一心的反應繼續說下去。

原來昌子姐本來也是日映旗下的女演員。

她與前輩鈴姐合演某部電影，兩人一見如故。昌子姐因結婚引退，兩人在婚後仍繼續往來，她受託開始照顧鈴姐的日常生活，更在鈴姐離開日映自立門戶之後，擔任經紀人支持她。鈴姐引退至今，她一直幫忙打理家務。

「您對演藝生涯沒有留戀嗎？」

一心這麼問，昌子姐用力搖手笑道：「沒有沒有。」

「我這種的和鈴姐比，等級差太多了，演電影的只消一眼就看得出扛不扛得起主角。像我，是夠聰明馬上就放棄了，一些不肯放棄的就轉去電視那邊，現在還號稱國民什麼什麼的呢。」

一心不知道昌子指的是誰。要是他開口問，昌子姐一定會毫不猶豫地告訴他「就是某某某呀」，她現在嘴巴還停不下來。

「人是有所謂的『格』的。有的人與生俱來，有的人則是拚死拚活拚來的。住在這一帶的人也一樣。」

「您是說有錢人有格，沒錢的人就沒有嗎？」

顯然屬於沒有格那邊的一心有點火大地反問。

「同樣住高級大廈，有的人有五億十億資產，有的人卻是拚命還房貸，不是嗎？」

「所以貸款買房的人就沒有格了？」

明知昌子的意思並不是有錢人比較了不起，但身為要貸款才能買房，還住不起這種高級地段的人，一心卻硬要一口咬定她是以此判斷人的格來頂回去。

昌子姐倒是頗感興趣地打量一心，看來她並不討厭會頂嘴的人。

「我也沒什麼錢，怎麼會瞧不起一樣窮的人呢。」

昌子姐這樣一笑置之。沒來由地，一心覺得那是對他敞開心胸的笑。

「說穿了，就是呼吸吧。」

「呼吸？」

一心像鸚鵡般回應。

「好的電影明星呀，演技就像呼吸一樣。」

沉浸在回憶中的昌子姐神情非常柔和。她大概沒意識到自己正露出那樣的神情，就像吃著微甜的甜點。

「相反的，像我這種演技差的，會在無意識之中憋氣，或是誇張地深呼吸。可是，像鈴姐那種真正的演員，平常也好，演戲的時候也好，一直都是維持自己的呼吸。」

「那就是說，有五億十億資產的人懂得怎麼呼吸，背房貸的人不懂？」

「你也挺煩的耶。」

昌子笑出來，以這孩子有希望的眼神看著依舊針對她的一心。

「能夠掌握自己呼吸的人，有的很有錢，當然也有沒有錢的吧。」

「自己的呼吸啊……」

漸漸地五億十億與房貸愈來愈無所謂了。

「我可要先聲明，鈴姐也沒錢喔。當然是不至於餓死啦，可是你呀，就算想為了遺產巴結她也是巴結不出什麼來的。」

昌子姐可能沒那個意思，但莫名其妙被猜疑的一心覺得不舒服。

「因為昌子姐搶在前面？」

一心不甘示弱地頂回去，但當然是笑著說的。

「哎喲，你也很敢說嘛。」

「因為，這種事要贏在起跑點，不是嗎？」

「也對。不過，還好看來你不是個無趣的人，要是來個力氣大腦筋卻遲鈍的，我才累呢。」

「沒有喔，我的腦筋也不聰明喔。」

「這我早就看出來了。」

昌子姐發出愉快的笑聲。

一心心想，這個人一定也有她自己的呼吸。正因為她的呼吸和鈴姐的呼吸合得來，才能相處這麼久。

一心忽然在意起自己的呼吸。一開始刻意，反而更混亂了。

一心再次拿起和樂京子的評傳。他好想知道露出如此凶猛表情的她，當時在鏡頭前是什麼樣的呼吸。

肉體派女演員　其二

「早安。」

一心透過一樓入口的對講機打了招呼，鈴姐的聲音傳來：「我正要出去散步。我帶倉庫的鑰匙下去，你在那裡等一下。」

陽光和煦如春。一心來到前庭等鈴姐。梅花已經過了最美的時候，換櫻花含苞待放。

「久等了。」

循聲回頭，只見鈴姐一身健走的運動服站在那裡。雖然是一般的運動服，但配上淺色的大太陽眼鏡，頭上包著色彩很春天的絲巾，看起來就不是個一般人。

「今天比較晚去健走喔？」一心這麼問。「一早就去醫院……上次做了白內障手術，結果連老花眼都治好了。」鈴姐笑道。

「有這麼好的事？」

「我也不知道，也許只是心理作用吧。不過，真的看得清楚呀。人的身體是很奧妙的。」

「那真是太好了。」

「醫生也說『您這個年紀，沒有人能看得這麼清楚』呢……啊，今天就說到這裡。」

鈴姐銜住差點被風吹亂的絲巾一角。

鈴姐會說「今天就說到這裡」，是基於一項規定。好像是鈴姐和昌子姐說好，凡是提到這裡痛那裡痛的病痛話題，以及「我還可以這樣那樣」來炫耀自己的健康的，一人一天以一次為限。

「你陪我走一走吧！」

接過倉庫鑰匙時鈴姐開口邀約，一心點頭說好。

「今天要去哪裡？還是到長野縣再去北之丸公園嗎？」

「今天我們去國會議事堂那邊吧。」

一心與邁出步子的鈴姐並肩，脫掉薄羽絨外套，綁在腰上。

鈴姐健走時會大幅擺動雙臂。第一次一起走的時候，被鈴姐說「來，你的手也擺動一下」，一心便試了。這麼做會拉開胸口，讓新鮮空氣進入體內。

護城河旁是一排含苞待放的櫻花。與皇居的寧靜形成對照般，護城河這一側立體交錯的首都高速公路上，許多車輛呼嘯而過。

櫻花、護城河、首都高速公路交織混在，這個地方簡直就像由半人半機器構成的生化機器人。

鈴姐大步走過三宅坂的斑馬線。等紅燈的年輕卡車司機搞不好心裡正想著：好一個花俏的老太婆。

坡頂就是國會議事堂。之前和鈴姐一起健走的時候都會看到，但這麼接近還是頭一次，怎麼說呢，近看相當莊嚴。

還以為要走到國會議事堂，鈴姐卻爬上坡頂就說：「雖然早了點，不過我們去吃午餐吧。」然後就走進左手邊的建築。

招牌上寫著憲政紀念館，典型的嚴肅方正的政府機關建築，實在不像有讓人輕鬆享受午餐的餐廳。

但跟著熟門熟路的鈴姐進去，才發現後面有一座寬廣的庭園，以及陽光灑落的明亮餐廳。

餐廳看來是這座紀念館落成之初就有的，入口的門和桌椅等等，都很有古早飯店宴會廳那種氣氛，服務生打著領結，白色的桌布也很乾淨。

裡面還沒有客人，鈴姐選了最明亮的地方。她似乎是常客，馬上就有看來很資深的服務生過來寒暄說「今天天氣真好」。鈴姐和一心都點了A餐，法式奶油香煎比目魚。

「我請客。」

「不不，不用了。」

一心婉拒，但鈴姐已經開始說起別的了。

「我家附近最近也有很多可以用餐的店了，可是每間餐廳地方都很小。我呢，就喜歡這樣寬敞的地方，所以巴黎那些歐洲的店我都不行。有些一流餐廳也很小，坐裡面的位置時，服務生還要先把桌子拉出來，再把人塞進去。就這一點比起來，好萊塢就很好，每間餐廳都很大。」

好萊塢和歐洲一心都沒去過，無從比較，但這裡真的很寬敞，玻璃帷幕外是沐浴在朗朗日光下的庭園。

「原來這裡還有這種餐廳啊。」一心老實表示佩服。

套餐的清湯送上來了，鈴姐拿小湯匙慢慢送進嘴裡。那樣子與其說是喝，用送進嘴裡來描述更貼切。

不知為何，一心把這和前天剛看的電影畫面重疊在一起。

前天，在那家常去的咖啡店吧檯看著筆電。

「那是和樂京子吧？」

一心早就透過映在玻璃窗上的影子看到咖啡店女孩往這邊過來，這次才能回頭得比上次俐落。

「對，和樂京子……對喔，妳喜歡成田三善的電影嘛？」一心不慌不忙地問。

店裡沒什麼客人，他知道她遠遠地從收銀台看著筆電螢幕上的影片。

「不過，這是哪一部？」

「《洲崎鬥牛》，原作是谷本荒次郎的小說。妳知道嗎？」

「大概，看是看過，但這部分鏡頭我沒什麼印象。這個人的作品我也看滿多的。」

「妳是說谷本荒次郎？」

「不是，是和樂京子。我很喜歡。她演了很多成田三善的電影。」

前陣子已經聽她說過她是成田三善導演的影迷。

「妳也喜歡和樂京子？」

不知為何和她的距離好像一下子拉近了，一心的聲音不禁高了好幾度。

「她很酷，不是嗎？」
「妳是說以前在電影裡？」
「以前當然很酷，她也演很多八〇年代的警匪電視劇呀，那些也很酷。現在網路上都看得到不是嗎？」
「妳好熟老片喔。」
「可是，現在的電影和演員我就都不認得了。」
「是喔，原來妳喜歡和樂京子啊。」
「請問，你從事電影方面的工作嗎？」
「咦？不是，為什麼這麼問？」
「因為你每次都帶著電影和舞台劇相關的書，又看這些老片。我就猜你是不是做相關的工作。」
「不是，欸，說相關可能有一點吧。」
明明大可直說自己是攻讀這方面的研究生，卻在微妙的時刻說了故弄玄虛的話。
「我現在正和和樂京子一起工作。」

當然，話一說出口一心就後悔了，但說出去就收不回來了。

「咦！」

她的驚訝超乎預期，一心正想馬上解釋「不是啦，工作只是整理她家倉庫裡的資料」，偏偏不巧有客人進來。

「那、那個……」

一心叫著趕緊回到收銀台的她，內心一再說「不是的……」，但她當然不會聽見。一心想，等她再過來要好好解釋清楚。不過，不巧的時候就會一直不巧，原本都沒人上門，現在客人卻排起隊來了。

店長也從後場出來快手快腳地工作，隊伍還是沒斷過。結果，三十分鐘之後她才稍微空下來。一心想著一定要趁現在解釋清楚，便收拾東西走向收銀台歸還用過的杯子。

「那個……」

才一開口，「店長，店長，這位客人現在正和和樂京子一起工作呢！」她便激動地向留著鬍子的店長這麼說。

鬍子店長似乎沒有馬上明白她的意思，但看到她非常開心的笑容，一心也不好開口了。

在兩人的注視下，「我……我……我受託幫忙弄評傳。」

好不容易擠出來的，是這麼一句話。不巧，又來了一群客人。一心道了聲「謝謝，拜拜」就匆匆離開了。

當晚，他又看了一次《洲崎鬥牛》。

和樂京子在這部電影裡的出場鏡頭，是名留日本影史的名場面。

現在已經沒有洲崎[6]這個地名了，但在戰後，洲崎是與吉原分庭抗禮的紅線區。真要區分，一般認為吉原比較高級，洲崎則是勞工和學生去的。

這部黑白電影從拍攝這個地區的全貌開始。薄暮中，尚有營房殘存的街上，鏡頭特寫亮著「洲崎天堂」霓虹燈的大門。

---

6 位於現東京都江東江東區東陽町一帶「洲崎パラダイス」（洲崎天堂）在戰後是僅次於吉原的紅線區。

此前的電影，會先拍上門的男人走進這扇大門的樣子。但《洲崎鬥牛》拍的則是一個年輕女子穿著曲線畢露的洋裝，擺動著她的肥臀，堂而皇之走進大門的背影。從海報來推測，這時和樂京子身上穿的應該是鮮紅的連身洋裝，那派頭簡直像她才是來買春的。

她踏進一家店，在老闆面前翻起裙襬，露出雪白的大腿，挑釁地問：「你肯出多少？」

到此為止，和樂京子都沒有露臉。觀眾只能看到穿著高跟鞋的纖細足踝、肉感十足的臀部，以及惡魔般令人無法抗拒的雪白大腿。

「我們這裡不用妳這種女人。」

面對愛理不理的老闆，她問道：「我這種女人？」

這時，和樂京子的臉才首度入鏡。

「這裡，是不幸的女人才會來的地方。」

「我幸不幸？我說了算。」

和樂京子那難以和性感豐臀與大腿聯想在一起的、猶帶少女氣息的臉上，唯有那雙大眼睛極其成熟。那雙眼睛彷彿已經懂得一個少女不會懂的事。

或許，深受時代眷顧的女人都有那樣的眼睛。女演員也好，歌星也好，在她們照亮時代的萬丈光芒中，唯獨眼睛是憂傷的。

接著，開始在洲崎天堂工作的和樂京子，將男客一一玩弄在手掌心，存了不少錢。同一家店裡，有必須養活病弱丈夫和孩子的女人，有給兒子賺學費的女人，還有養小白臉的女人。只有和樂京子飾演的女人沒有把賺來的錢用在男人身上，而是用在自己身上。

噴灑高級香水，訂做高級洋裝。在電影最後，她為了買下兩輛三輪車、開小小運輸公司所存的錢，差點被一個背了債的男人帶走。

即使男人拳打腳踢，她始終不放棄。她纏住男人的腿，都已經被拖下樓梯了，還是面對男人無畏地喊：「還來！還來！」

最精采的就是接下來的最後一幕。

衣服破了，鏡頭特寫她受了傷的雪白大腿和手臂。她幾乎半裸地追著男人跑到大街上。

光天化日之下，她柔軟的肉體顯得脆弱，卻又顯得堅強。

「還來！還來！」

她追著男人跑過白天的洲崎天堂大馬路。赤腳踏過之處揚起紅土，不管跌倒多少次都會站起來。

從別家店二樓看熱鬧的女人也聲援她，喊著：「別讓他跑了！」簡直以此為信號般，女人們一個接一個從店裡跑出來。

她們撩起浴衣下襬，任長髮凌亂，喊著：「抓住他！抓住他！」追趕男子。和樂京子領頭跑在最前面。

咬破的嘴唇流著血，瀏海貼在大汗淋漓的額頭上。

「還來！還來！」她大喊。

一大群半裸女子跑過洲崎天堂的大馬路，攝影機淡定地拍著這群凶猛的女人。不久，女人發出的腳步聲簡直像趕牛的喧囂般，響徹了洲崎那晴朗無雲的天空。

「我很喜歡鈴姐在《洲崎鬥牛》裡吃飯的那一幕。」

眼前的天空不是洲崎，而是國會議事堂前的藍天，旁邊慢條斯理吃著Ａ餐奶油香煎比目魚的，不是半裸著在洲崎大街上奔跑的和樂京子，而是仍戴著淡紫色太陽眼鏡的鈴姐，但一心覺得自己彷彿在向銀幕裡的她告白。

當然，陷在戰後洲崎天堂的混亂瞬間的人只有一心，平平常常吃著午餐的鈴姐則是愣住了。

「我上次看了《洲崎鬥牛》。」一心趕緊加了一句。

「哦，沒頭沒腦的，我還以為你在說什麼呢。」

鈴姐放下刀叉，拿紙巾擦擦嘴角。

「鈴姐在那部電影裡不是吃了很多東西嗎？像是路邊攤的拉麵、刨冰、牛排，還有支起一條腿坐著扒丼飯。那時候不是把醃蘿蔔吃得嘎吱響嗎？看起來好好吃。」

一心很快地說。

明知眼前是一位八十歲的老婆婆，和樂京子穿著內衣扒丼飯的身影卻在腦海中揮之不去，一心對著心跳有點加速的自己苦笑。

「說到這個，以前在片場也常有人跟我說：『妳吃什麼看起來都好香。』」

「果然不是只有我這麼想。」

鈴姐回應了他的話題，一心的心也平靜了幾分。

「我呀，常在片場煮飯，是真的搬炭爐出來烤朋友送的魚。你也知道，當時大家都吃不飽嘛，所以大家都好像被烤魚的煙味吸引來似的，這個劇組那個劇組都跑來了，大家常一起吃飯。」

「鈴姐自己烤嗎？用炭爐？」

「以前啊，並不會因為是演員就有特別待遇。女人要煮飯，男人要做粗工，電影就是這樣拍出來的。」

鈴姐將最後一口奶油香煎比目魚在盤子裡剩下的醬汁上滾了滾，慢慢送進嘴裡。

「對了，千家導演找我，也是大家圍著炭爐吃東西的時候。」

聽到千家導演的名字，一心不禁向前探。

說到千家導演，那可是家喻戶曉的日本大導演，仔細想想，他的代表作幾乎都是和樂京子演的。

當然，就像讓她獲得肉體派稱號的《洲崎鬥牛》，她與成田三善導演合作了很多作品，因而成為大明星，逐漸成為戰後女性引領風騷的人物；但換個角度來看，她演的都不是乾淨的角色，實際上，當時的週刊和寫真雜誌對她的報導，大多是以性感尤物為賣點，而非正統派女星。

當時，也有傳聞說她與年輕議員在一起，週刊報導甚至出現了前途無量的年輕議員被風塵女郎欺騙感情的論調。

「他說：『妳一個女人家，吃相還真沒品。』我到現在都記得清清楚楚，千家導演對我這麼說，害我好氣好氣。」

但鈴姐的神情卻很柔和。打著領結的資深服務生送來的咖啡香氣撲鼻。

「不管是有品的人，還是沒品的女人，肚子餓就是餓呀。」

鈴姐說她就是這樣回千家導演的。

千家導演一定是當場就看中好強不服輸的她吧。

當時的千家導演，正精心編寫後來席捲全日本乃至全世界的《竹取物語》劇本。日映高層希望將人人熟知的輝夜姬故事拍得充滿抒情意境，千家導演則想要利用這個無人不知的輝夜姬的故事，描寫前所未有的男女愛慾。

「誰想看貪婪的輝夜姬啊！」日映高層傻了眼。

「再說，哪有女星演得了那樣的輝夜姬？」

「更何況，那樣的輝夜姬和妓女沒兩樣。能把這種角色的魅力演出來的女星，別說我們公司沒有，三映也好，榮活也好，沒有一家電影公司有。」

日映的高層沒有半個人贊成。

悠哉地喝完餐後咖啡，走出餐廳，鈴姐又以平常的步調在護城河畔走起來。

國立劇場前的寒櫻開始綻放，一對老夫婦伸長了短短的手臂，想把枝頭的小花納入鏡頭。

兩人的手臂之所以顯得極短，是因為他們雙雙穿著厚重的羽絨外套，不知是穿著同款衣服還是相伴多年的關係，他們的背影相似得驚人。

「你父母是什麼樣的人？」

被同樣看著那兩人的鈴姐這麼問，一心想也不想便回答：「什麼樣喔，很普通啊，真的就是那種到處都看得到的老爹老媽。」

但是，鈴姐似乎不滿意一心的回答，她的側臉期待著更進一步的描述。
「我媽，怎麼說啊，滿腦子想的都是吃飯的事。」一心補充道。
「吃飯的事？」
「就是，今天晚餐要吃什麼之類的。吃中飯的時候就掛在嘴邊，在超市買了很多便宜的牛筋肉，要用來做什麼菜就能想半天，一下醃黃瓜，一下做費工夫的燒肉……」
鈴姐以愉快的神情聽著一心說了一大串，忽然停下腳步。
「吃就是活，活就是吃。」
驟然間聽到她這麼說，一心也不禁停下腳步。
「咦？」
「你媽媽是個好媽媽。」
鈴姐又邁開腳步。
被鈴姐這一誇，一心有點難為情，但也很高興。
「不過，反過來，我爸是什麼樣的人，倒是從來沒想過。」說著從後面追上來。
「當然我小時候偶爾會陪我玩，可是過了青春期，像是我爸喜歡什麼、不喜歡什麼，或是更進一步，平常都在想什麼，這些我從來沒想過。就是『就在那裡』的感覺吧。他就在那裡，總是默默吃著我媽做的菜，不覺得特別好吃，也不覺得難吃這樣。」

就一心而言，他自認為形容得很到位，但鈴姐似乎不為所動，也沒有回應。只是照著平常的節奏，晃動著單薄的肩膀，沿著皇居的護城河走。

一心不經意回頭看，國會議事堂的屋頂聳立在首都高速公路的高架橋之後。

「總覺得，在這裡散步就好像站在東京的中心，日本的中心。」

一心稍微加快了步調。

並肩而行的鈴姐不知為何用肩膀撞了一下一心的手臂。

「什麼事？」一心微笑。

「年輕人真的什麼都不懂啊。」

「咦？」

「雖然說老人家也不是什麼都知道，不過還是比年輕人聰明一點。」

「咦？現在是在說什麼？」

「這種地方哪是什麼中心啊。要是世界有中心，那就是你媽媽做的飯。」

鈴姐的言下之意，一心無意中領會到了。不過，把日本的中心和家裡的餐桌擺在一起，老實說他不太知道該如何相提並論。

「這樣喔。」一心含糊地表示理解。

「就是這樣。」鈴姐點點頭。

當晚，一心遲遲睡不著。

也不是在意白天與鈴姐的對話，但不知為何想起他告訴家裡辭掉工作時，母親對他說：「媽是無所謂，但你爸很失望。」

兒子好不容易才進入有名的一流企業，卻沒來沒由地要辭職，做父親的當然會失望——一心以前只有這麼想。但那天晚上，一心卻猜想，當中會不會還有別的緣由。

話雖如此，無論他怎麼想，都想不出這「別的緣由」是什麼。

與父親之間產生隔閡，一心認為是在妹妹一愛去世後一陣子開始的。當然他當時並不覺得，是到了現在回頭看才這麼認為。

在一心小學五年級的夏天，一愛過完了她短短九年的一生；只有病痛的短暫人生。

一愛死了之後，父親還是常找一心去傳接球。一心也和之前一樣，開心地跟父親去了附近國中的操場，後來間隔漸漸拉大。不，當然也可能是他想太多。

一心放棄睡眠，又看了一次《洲崎鬥牛》。

在招呼客人的房間裡，穿著內衣的和樂京子扒著丼飯。一位男客在她面前嗚咽哭泣。男人失去了一切。他從烽火連天的馬里亞納群島撿回一命回到日本，賣掉鄉下的房子、土地做生意，卻被詐騙。幾個年幼的孩子和妻子就不用說了，就連從鄉下接到東京的雙親也不得不住在漏雨的破房子裡。

在這樣的男人面前，和樂京子默默吃飯。「這個，你不吃嗎？」說著，不客氣地從男人的盤子裡搶走滷芋頭。

她看也不看男人，畫面上只有她旺盛的食慾和雪白的大腿。

她嚥下最後一口醬菜，喝了熱茶，最後只對男人說了一句話：

「不要一天到晚擺出受害者的面孔。」

她用托盤端著空碗盤，走下妓院狹窄陡急的樓梯。

ミス・サンシャイン

凱旋歸國

一九五〇年代。那一年，讓日本電影界、也讓戰敗氣氛依舊濃厚的日本全國上下捲入歡喜漩渦的新聞接二連三發生。

和樂京子主演、千家導演執導的《竹取物語》受邀參加法國坎城影展，電影奪得評審團大獎，和樂京子獲得最佳女演員獎，共囊括兩項大獎。

不單是坎城影展，這是日本電影在國外電影節頭一回獲獎，不難想像這則新聞讓當時的日本國民找回了多少自尊與自信。

事實上，甚至有人在那一屆國會會期提議立法，將作品獲得坎城影展評審團大獎的那一天訂為「日本電影日」，自次年起作為國定假日。

當時，剛入行第二年的新進演員昌子姐是在日映的片場聽說了來自坎城的好消息。

「我們那時候正通宵打麻將。片場的值班室裡有一張很氣派的麻將桌，到現在我都還記得，那是從滿州回來的燈光師井野特地帶回來的，在那張桌子上洗牌的聲音真是好聽。」

大家都知道千家導演、主演的和樂京子和日映的製片人都去參加在坎城舉辦的國際影展，但對於那個所謂的國際影展到底有什麼價值，並沒有多少認知。

「總之就在我們摸牌的時候，公司的幹部跑進來嚷著：『喂喂喂，大新聞大新聞！《竹取物語》得評審團大獎了，評審團大獎！』」

這時候「評審團大獎」這個詞對昌子的耳朵來說還很陌生，只清楚留下了可喜可賀的印象。有這種反應的不只昌子，消息瞬間在全日本國民之間傳開。

總之是喜事，所以儘管是深夜，住在附近的演員和技術人員一大群人便聚集到片場。

在這裡，負責採購歐洲電影的日映幹部大力宣揚坎城國際影展有多麼權威、獲得坎城影展的評審團大獎又是多麼光榮。

「總而言之，就是非常榮耀的肯定！不只對我們日映，對日本電影界，不，對我們日本全國來說都沒有比這更高的榮譽了！」

然而，精通歐洲事務的幹部再怎麼口沫橫飛地說明，昌子姐等人還是沒什麼概念。只知道要辦個大大的慶祝活動，但對於究竟要慶祝什麼卻一知半解。

「那時候啊，不知道是誰大聲說：『就是馬龍．白蘭度和貝蒂．戴維斯得過獎的影展。』瞬間，在場所有人『哇』的一聲，好像被什麼吞進去一樣。」

「『哇』的一聲被吞進去，是什麼感覺？」一心問。

「就是『哇』的一下全場氣氛都熱起來，就是那個啊，《欲望街車》、《岸上風雲》，還有《彗星美人》，這些我們全都看過。要知道，那是戰後什麼都沒有的時代，我們一直看著銀幕裡的景色，不敢相信那是同一個世界。那些人可是銀幕上的人呀。而他們覺得我們拍的電影，比馬龍·白蘭度和貝蒂·戴維斯他們演的電影還好。我們的和樂京子和那個馬龍·白蘭度跟貝蒂·戴維斯平起平坐了呀，當然一下子就熱血沸騰了。」

一心在鈴姐家工作期間，昌子姐跟他說了很多往事，其中一心最喜歡的，便是說起這一段時的昌子姐。原汁原味地感受到當時的興奮，彷彿自己也在場一般，昌子姐一定也很喜歡說著這段當年的自己。

一夜過去，來自法國的好消息轟動了全日本。

報紙、廣播連日播報這項快舉，各地張燈結綵大肆慶祝，銀座的百貨公司甚至出現了倒數和樂京子等人從坎城回國的大型日曆。

事實上，她們凱旋歸國的新聞影片也保存了下來。不時在回顧戰後日本的電視節目中播出，看過的人應該不少。

地點是羽田機場，結束佔領的美軍將跑道和設施歸還日本政府才不過短短幾年。在那段黑白影片中，羽田晴空萬里，跑道上大批記者你推我擠，日本航空嶄新的螺旋槳機的舷梯上，首先是千家導演高舉他的招牌畫家帽出現，接著身穿友禪和服的和樂京子從他身後靦腆現身。

一干記者都以為她會以一身好萊塢或歐洲女星的西式禮服凱旋榮歸，因此先是驚訝於她的日式裝扮，被她美得忘了按快門，繼之為和樂京子楚楚動人站在那裡，無言宣告「風靡世界的大和撫子在此」而歡聲雷動，這一切都收錄在新聞影片裡。

這時候的和樂京子確實美得像個奇蹟。

走下閃亮的螺旋槳機的神采，正是歷史性的一刻。說得誇張一點，就像瑪莉蓮·夢露和賈桂琳·甘迺迪寫下她們傳說中的時刻那般，說這是和樂京子這位女明星的傳奇時刻也不為過。

「那時候，聽說她是臨時決定在機上換衣服的。」昌子姐把當時的幕後插曲說給一心聽。

「誰會穿著和服坐那麼久的飛機呀。其實她本來是打算穿著更普通的套裝之類的衣服下機，可是飛機著陸時看到跑道上來了好多記者，鈴姐才請空服員幫忙換上和服。在小小的空間裡請人家拉上簾子隔起來。」

和樂京子身穿和服凱旋歸國引起了巨大迴響。之後，她同樣穿著友禪和服走坎城影展紅地毯的照片也傳遍全國，被許多雜誌拿來當封面。

在各國女星穿著展露香肩、曳地寬襬的華麗禮服之中，和樂京子挽起黑髮、以華麗的友禪和服大大方方站在攝影機前的身姿，雖說有幾分自己人的偏心，但報導說當地男子的視線全都集中在她身上。

有一次，一心問鈴姐為何在機上臨時決定換穿和服，她卻笑著說：「早就忘了，那麼久以前的事。」

肯定是從那次坎城凱旋歸國開始，社會大眾看待和樂京子這名女演員的眼光就截然不同了。

在此之前，她的形象僅止於性感奔放，而這個形象從那天起被顛覆了。坊間盛傳，儘管演技大膽，她的體內仍流著傳統日本女性的血液，也正是其中蘊藏的清純驚豔了全世界。

回國後，和樂京子的時間表應該是滿得連睡覺的時間都沒有，鈴姐那句「早就忘了，那麼久以前的事」，或許並不只是害羞而已。

那之後，她陸續與當時的行政官僚、當紅相撲選手、著名日本畫家、文豪，以及訪日的好萊塢巨星等各界名人對談。

這些對談她都是身穿和服上場。這是出於她的意願還是日映方面的要求，亦或是對談對象和媒體的形象策略不得而知，但和樂京子肯定是從當紅電影明星一躍成為代表日本的女性。

「現在看當時的對談報導，會被嚇到耶。」

有一次一心這樣對鈴姐說。

雖然有種種違和感，但其中最令人驚訝的是，與和樂京子對談的男人無不異口同聲，坦然說出一些現在難以想像的話，諸如「妳也要早點結婚」，或是「別急著和費雯麗一較長短，找個好男人生孩子要緊」。

「現在的人大概不會了，不過像我這種人，每次對談就會被叫去料亭不是嗎？在那裡到處幫人倒酒，還要聽他們說什麼有女演員在就不用請藝妓了之類的話。」

「叫得獎女明星倒酒？」

「對啊。得獎女明星回國之後，還是得為大老爺們倒酒，那個時代就是那樣呀。」

鈴姐爽朗地笑著。

結果，一心在外面等了十五分鐘，才等到收銀台前沒有客人。總不能一直站在咖啡店入口，可是躲在馬路對面的電線桿後面又很不自然，他便在店門前來來回回好幾次裝作偶然路過。雖然不巧下著雨，但幸虧如此他才可以拿傘遮住臉。

一等到沒客人的那一刻，一心便像躲雨般衝進店裡。她對擦拭濕袖子的一心招呼道：「歡迎光臨。」

一心點頭致意，照他平常喝的豆子點了美式，說：「那個，如果不嫌棄的話。」遞出電影傳單。

她驚訝了一瞬，但看來是知道《竹取物語》數位修復後正重新上映，便說：「啊，這個我很有興趣。」收下了傳單。

緊張頓時放鬆了。雖然根本什麼都還沒開始，但有她這句話，一心便充實得好像已經完成一次愉快的約會。

「如果可以的話，要不要一起去看？」一心單刀直入地問。

「咦？啊……」

卻看到她的臉色突然沉下來。

「啊，不是，如果可以的話啦，我身邊沒人對老電影感興趣，一個人去也沒什麼，可是看完電影不是會很想找人討論嗎？」

他的臉一定漲紅了。一心又急又慌，怕隨時會有客人上門。

「那個……我有男朋友了。」

「啊，這樣啊。不，想也知道是這樣。」

「啊，不過，一起看電影完全沒問題。」

「可是，那樣對妳男朋友不太好。」

「咦？為什麼？」

「咦？呃，就……啊，對喔，只是去看電影嘛。不好意思。」

說到一半腳就好像沒有踩在地上了。真想趕快拿了咖啡，到他平常坐的位子去把臉遮起來。

「這個，到什麼時候？」

她把傳單翻過來看。日期是到這個週末。這時候撤銷邀約比較好嗎？撤銷會不會被當作別有用心？一心更加混亂了。

「那，如果可以的話，就這個星期六或星期天？」一心提議。

她看了傳單背面一會，微笑道：「既然有這個機會，就去一下好了。」

本來的《竹取物語》，是個慈愛有加的童話故事。

故事很有名，不需要另外說明，雖然隨地方和時代內容多少有些出入，但最經典的是，一對老夫婦慈愛地將竹林裡發現的女孩養大，他們的善心讓他們變得富裕，但最後輝夜姬回到月亮，故事在哀傷的分離中落幕。

不過，千家導演席捲世界的《竹取物語》完全不像童話，以徹底的寫實主義描寫生於平安之世的男男女女。

一對貧窮的老夫婦在竹林裡撿到一個女棄嬰。儘管生活貧苦，老夫婦還是將自己的吃食分給女嬰，養育她，為她取名為「輝夜」。

長大之後的輝夜，美麗得直如仙女下凡，先是村裡粗暴的郡司[7]仗著老夫婦欠了他錢，想要強搶民女。

電影的第一個高潮便是，老夫婦無論如何都不願將心愛的女兒交給狼心狗肺的郡司，於是殘忍地將其殺害的一幕。

他們在竹林裡設下陷阱，告訴郡司輝夜在月夜裡等候，將他騙來。

這對老夫婦本來最是慈悲心善，看到青蛙卡在水溝裡都會施以援手。儘管那個人狼心狗肺，兩人臉上還是寫滿了即將殺人的恐懼。但是，當陷阱裡的竹槍刺進郡司身體的那一瞬間，兩人的神情變了。

7 律令制下治理各郡的地方官員。

那神情該如何形容才好？

真要形容的話，就是有生以來不斷遭到搶奪的兩人，頭一次搶奪別人的剎那；體會到搶奪別人的快感的那一剎那。

輝夜當然不知道發生了如此可怕的命案，被當作掌上明珠呵護長大的輝夜成了一個愈發純真的姑娘，也愈發美麗。

她的名聲也傳到了京都。聽聞風聲的高官們送來各式各樣的禮物，以求見輝夜一面。

老夫婦退還了這些禮物。但愈是退還，禮物就愈是從麻布變成絹布，送禮之人的身分也愈來愈高，最後甚至連大納言、中納言都名列其中。

老夫婦讓其中三個男人爭奪輝夜。一個有錢，一個有地位，而這部電影的有趣之處，便是最後一人身分平平，財富也普通，卻是個善良無比的好人。

觀眾心裡期待著輝夜選擇這個好人。但是，某個月夜，一個男人潛進了輝夜的寢室。潛進來的，竟是他們請來當護衛的流浪武士，他強要了輝夜。

於是，故事朝意外的方向發展。最後，輝夜為了逃避老夫婦所選的那三人，與這個流浪武士私奔。
不是流浪武士擄走輝夜，而是輝夜要他擄走自己。
輝夜走不慣山路而累了，於是他們在河灘上稍事休息。念及被她拋下的老夫婦，輝夜此時潸然淚下。
「活著就不能不讓任何人傷心嗎？」輝夜問。
就著河水胡亂洗臉的流浪武士問道：「傷心是什麼？」
輝夜左思右想了半晌才這樣回答：
「就是像這樣和你在一起。」
流浪武士笑著回答：
「這麼說，傷心就是心想事成嗎？」
之後，流浪武士在山中遭到山豬攻擊，因而喪了命。被單獨留下的輝夜落髮為尼。
和樂京子為了這部電影竟然真的剃了光頭。種種資料都記錄著這並非出自千家導演要求，是她自願的。
有一次，一心問了鈴姐是否真的是她自願剃頭的。當時和現代不同，剃光頭需要非同小可的決心，更何況是為了電影的角色。

「是啊，是我拜託導演的，因為我真的很想要那個角色。」

「可是，原因就只有這樣？」一心問。

「什麼叫就只有……我可是演員呀。」

鈴姐反而不解地偏著頭。

那天，一心與咖啡店女孩在車站內道別。

就在他們相約會合的地方，她走向地下鐵，一心則是走向JR的剪票口。

他們約在《竹取物語》開演前三十分鐘會合，她遲到了五分鐘，不過他們仍在開演前十五分鐘抵達電影院，買好飲料，入座之後再輪流去上廁所。場內幾乎客滿，年輕人很多。

播放其他電影的預告時，「啊，對了，雖然已經認識很久了……」她這麼說，將自己的名字告訴了一心。說她叫桃田真希，是個菜市場名，大家都叫她「小桃」。

至於一心的名字，她說人如其名。一心雖然很想問是什麼意思，不巧燈光暗下來了。

看完電影，他們進了附近的咖啡店。聊了將近一小時的電影。當然話題也岔到各個不同的方向，好比以前看的電影、喜歡的演員、喜歡的電玩，但最後都會回到《竹取物語》，每次都要重複一遍同樣的感想——要是幾年後再看，一定又會有不同的感想。

離開咖啡店，走向車站。

「下次要是有修復版的電影上映，再一起去看吧。」一心邀約。

「不用等修復版，有好看的電影就來約！」

在車站內分開後，一心回頭了一次。

正要走進地鐵驗票閘門的她沒有回頭，一心卻覺得莫名幸福。

只是知道名字而已，只是有可能再和她一起看電影而已。明明只是這樣，他卻感到無比充實。

充實突然轉為煩躁，是在當天回到住處之後。他當然知道她有男朋友，也知道這不是約會，只是電影愛好者一起去看電影而已。

但是，明知如此，卻不由自主地覺得不能讓今天就這樣結束，不然未來會隨著今天一起被斬斷。

他過去也不是沒和喜歡的女孩約會過，也認真交往過，儘管為時短暫。他當然知道若是糾纏不休，會讓表達心意變成反效果，然而心情卻焦灼得不受控制。

一開始，他考慮透過剛交換的手機號碼傳簡訊，就說今天很開心，道個謝。但覺得光這樣不夠；明知道不會有發展，卻覺得不夠。

一回神，一心已經衝出自己的公寓，站在她住的那一站的車站前。

這才終於冷靜下來，苦笑。

「我在幹嘛啊……」

只是，既然都來了。

看完電影在咖啡店聊天時，她提到她住在這個車站附近。距離工作的咖啡店只有一站很方便，雖然車站沒有購物商場或商店街，但一出剪票口就能看到多摩川河畔廣闊的天空，她很喜歡。

其實一心在找房子時，也來看過這個車站附近的物件。結果與預算不符，才選了現在住的公寓，要是房租能少個一萬日圓，他早就選那間可以從窗戶瞭望大片河畔天空的公寓了。

一心提到這件事，她很感興趣地問：「哪邊的公寓？」因為是在去打業餘棒球的路上去看房子的，一心記得很清楚，便告訴她從車站怎麼走，結果她說：「搞不好離我家很近。」

那是個只有每站都停的慢車才會停靠的車站，到站的乘客走了之後，候客的計程車就只剩兩輛。車站前好歹也該有家便利商店，卻只見連鎖拉麵店和房仲。不過，稍微走一下就能通到大馬路，那邊有家不算小的超市。

來到這裡一心冷靜了些，決定先傳簡訊。就是本來在家時想傳的：「今天很開心，謝謝。」

但腳卻違背了他的心，不聽使喚地自己動了。走向以前參觀過的公寓的路上，發現自己在四周林立的公寓、電梯公寓的窗口中尋找她的身影，心想她會不會從哪棟公寓門口還是樓梯翩然出現。

天已經黑了。

看著亮著燈的窗戶，就覺得一定可以遇見她。相反的，看著漆黑的窗戶，就會想起她有男友。

他繞著以前參觀過的公寓走了很久。與遛狗的大嬸錯身三次，被懷疑了一下。要是傳「我現在在附近」的簡訊，她會怎麼想？這個問題他想了一萬次。每一百次會浮現一次她開心的神情，其他九十九次的她則是皺著眉。

結果，一心既沒有回車站也沒有再繞一圈，而是來到河畔。坐在漆黑的土堤上，被冷風吹得渾身發抖，依然望著映在河面的月亮坐了好久。

當手指腳趾都凍得開始發疼的時候，他終於決定回家。心想今天很開心，這樣就夠了。

回到大馬路上，先去了一趟超市。他餓了，想去熟食區買個可樂餅在回家路上吃。拿了一個可樂餅走向收銀台，就看見她在那裡排隊，手上只拿著錢包。她面向站在身後的男子，露出開心的笑容。那男子手上提著超市的購物籃，肉、蔥、牛奶和生菜裝滿了一籃子。

鈴姐是從什麼時候開始喊他「阿一」的呢？會這麼叫，恐怕是昌子姐起的頭，因為發生過這樣的事。

那天，他照常在倉庫裡工作。鈴姐已經固定在下午三點左右帶點心來。這當中或許有對一心的體貼，但現在鈴姐自己也覺得看那些從紙箱裡挖出來的令人懷念的劇本和照片是件有趣的事。

難得昌子姐也在，不知聊到什麼話題，鈴姐說起她在好萊塢時住的房子。

順帶一提，《竹取物語》凱旋歸國後，和樂京子陸續在國內的佳片中擔任女主角，在國際間也有了知名度，《竹取物語》隔年她便演出首部好萊塢電影《太平洋之虎》。她在這部冒險動作片中雖然只軋了一個小配角，飾演藝妓，但演技獲得肯定，好萊塢的片約紛至沓來。

「說到這，我一直覺得跟誰很像，吶，鈴姐，妳不覺得這孩子跟阿一很像嗎？就是在好萊塢給我們當司機的那個。」

昌子姐口中的這孩子，指的當然是一心。

鈴姐似乎也立刻回想起來，「啊，難怪。那時候我一看到這孩子就一直覺得他跟誰好像。」說著還誇張地拍了昌子姐的大腿。

在「真像」、「簡直一模一樣」聲中，被兩人認真打量著的一心將手邊的照片展示出來。

照片拍的是鈴姐在好萊塢時期住的比佛利山的房子。前庭的草地保養得漂漂亮亮，紅磚建築裡可以看見游泳池。

門口停著一輛超大的美國車，駕駛那輛車的一定就是那位「阿一」了。

「阿一現在不知道怎麼樣了？會不會已經不在了？我在那邊，還真的叫阿一陪我去約會呢。」鈴姐說。

「約會？跟理查嗎？」

「對。」

「理查，是理查．克羅斯嗎？」一心忍不住插進兩人不勝懷念的對話中。

說起理查．克羅斯，不僅是西部片大明星，如今也成了美國男性的象徵。

「我說你啊，名字是一心吧？那不就也是『阿一』嗎？」

昌子姐這麼說的時候，一心還在為理查．克羅斯而震驚。

ミス・サンシャイン

好萊塢明星

在一九五〇年代的尾聲，鈴姐住了三年的比佛利山的家，位於頂尖電影明星豪宅林立的大道上。

其實這幢豪宅，是由設計舊帝國飯店的法蘭克．洛伊．萊特的愛徒所建，與舊帝國飯店一樣，特地將易於加工的大谷石從日本海運過去的。處處都是引人注目的大谷石浮雕與紅磚的對比，堪稱一件藝術品。

當時，擁有這座豪宅的是一個經營貿易的家族，他們親日，聽聞和樂京子這位日本女星正在比佛利山找房子，便將四間寢室的其中一間改裝為和室風格，請她務必入住這裡。

鈴姐說，三間寢室都各自附帶浴室。

「三個房間分別貼了不同顏色的瓷磚，根據顏色，取名為向日葵、草原和紫煙。我呀，把草原那間當作寢室。那間有個小小的陽台，可以俯瞰碧藍的游泳池。」

「有游泳池啊。」

一心再度心生羨慕，鈴姐也懷念地告訴他：

「當時的日本人，有人甚至連游泳池都沒去過呢。所以從日本來的記者們也都脫得只剩一條丁字褲跳下水游到天黑。」

「鈴姐也游了嗎？」

「我？游了呀。我小時候，長崎就有一個叫鼠島的海水浴場，那裡會辦遠泳大賽，我可是不輸男孩子呢。」

鈴姐說她把屋主裝了榻榻米的房間當作茶室。週末就請電影公司的高層或演員到那間茶室，辦個似模似樣的茶會，這「侘寂」的世界在當時的好萊塢極為罕見，備受好評。

當時，與赴美的和樂京子簽約的是「美國影業」這家龐大的電影公司。

「Miss Sunshine——陽光小姐」

這是電影公司為她在全美出道所起的稱號，彷彿被這個詞撐起一片天般，美國觀眾接受了和樂京子陽光般燦爛的笑容。

但日後，她才說她無法喜歡「陽光小姐」這個稱呼。

順帶一提，這時，她與美國影業以兩年五部片為條件所簽的簽約金，換算成現在的價值不下五億日圓。

實際上，電影公司立刻著手打造一個日本人角色讓和樂京子飾演。

首先，她加入製作中的《感覺真好》（*Feeling Good*）。這是一部以紐約為舞台的歌舞片，和樂京子飾演的當然不是主角，而是一個日裔賣花女，在片中展現驚人的歌唱實力。

帶日本腔的英語很可愛，和樂京子也獲得好評，但致命傷是樂曲不佳，電影一點也不賣座。

有一件事少有人知，那便是在這兩年的合約期間，她曾瞞著電影公司偷偷回日本。這在重視合約的美國當然是重大違約行為，預定拍攝的電影角色雖設法找了代演，但美國影業認為事態嚴重，提出解約及損害賠償的告訴。

幸運的是，已經殺青的下一部作品《櫻花、櫻花》，出乎電影公司預料紅遍了全美各地。

電影是以東京為舞台，描寫進駐軍少尉與日本女子的故事。簡單地說，只不過是歌劇《蝴蝶夫人》的老調重彈，但當時的美國人很吃悲戀這一套。

多虧這次大賣座，和樂京子的名字一口氣紅遍全美，美國影業也撤銷告訴，以嚴正警告了事。要是告上法庭，她應該會背上金額不小的損害賠償。

當時她所上的美國電視節目也留下了很多影片，其中以與伊莉莎白・泰勒一同接受訪問的片段最為有名。

而比誰都樂見和樂京子在全美活躍、並為之狂熱的，是日裔美國人。

儘管強制收容的時代終於結束了，但被剝奪的土地、房子和工作都有去無回，仍有很多人無家可歸。不難想像這位與美國名流比肩的「陽光小姐」——日本女演員和樂京子，在這些日裔美國人的圈子裡有什麼樣的地位。

恐怕在當時的美國人心中，KYOKO WARAKU（和樂京子）是知名度僅次於裕仁天皇的日本人，她的地位一直維持到六〇年代末小野洋子出現才受到挑戰。

當時理查・克羅斯對和樂京子有多真心，因他如今已不在人世不得而知，但僅就鈴姐和昌子姐話當年的內容看來，他應該是認真的。身為票房保證，又是西部片巨星，電影公司不贊成他與日本女性公開交往，明確反對過，他也沒有一頭熱到不顧這帶有歧視意味的反對而繼續與她交往。

話雖如此，聽鈴姐與昌子姐說起兩人在一起的情形，仍令人不禁莞爾。

邀請好友到彼此家開派對，在理查的遊艇上約會，在拉斯維加斯揮金如土地豪賭。簡直像把好萊塢拿手的大團圓愛情電影直接搬到眼前。

其中，一心最喜歡的，是兩人在夜晚空無一人的片場裡約會。偌大的片場裡，精巧地重建了紐約第五大道的戶外布景，旁邊就是巴黎的香榭麗舍大道。

警衛知道兩人偷溜進片場，卻沒報警也沒趕他們出去，反而為他們打開了戶外布景的照明。

「現在想起來，真是幼稚得要命。當時坐在理查開的敞篷車裡，在香榭麗舍大道和第五大道上兜風，音樂開得整座片場都聽得見。」

鈴姐愈是說起與理查在一起的歡樂回憶，一心就愈覺得她的視線盡頭不是理查而是別人，而這又是從什麼時候開始的？

有一次，一心若無其事地問昌子姐：

「我知道當時理查迷戀著鈴姐，但鈴姐也是喜歡理查的吧？電影公司反對他們在一起的理由帶有種族歧視的意味，不是嗎？她一定很沮喪吧？」

但昌子姐卻伸伸舌頭說：「天曉得呢。」

「鈴姐一定是分得很清楚。我這麼說，鈴姐大概會生氣，雖然是人家找她去的，但想想那時候日本人在好萊塢的立場，理查這個後盾應該很有用。」

「妳是說這都是算計？」

「阿一，你很愛問一些不識相的問題欸，你一定很沒女人緣吧。那可是男人與女人之間的事啊……有愛有戀，當然也會有算計。」

後來一心發現，當鈴姐提到和理查之間的事時，「對了，那時候，滿男啊……」一定會出現一個人名。

那是以畫家為目標的日裔第二代青年，後來成為世界知名畫家的寶生滿男。

「我呀，曾經瞞著電影公司，給滿男當模特兒。」

有一次，鈴姐以一副「都多少年了還哪門子祕密」的神情告訴一心。

當時，他與家人才剛結束漫長的收容所生活不久，土地和房子都被沒收，仍與其他無處可去的日裔家庭合住在現在小東京的一間小公寓裡。

「不管我再怎麼約，滿男就是不來我比佛利山的家。就算朋友硬拉他來，他也不願融入熱鬧的派對，一個人臭著臉。」

鈴姐從未在公開場合談過他。當然可能跟昌子姐這樣親近的人談過，但在雜誌的訪談中從來沒有出現過他的名字。

當時鈴姐真正喜歡的不是理查，而是他。他也真心愛著鈴姐。

六〇年代將據點移往紐約、與安迪．沃荷同在現代美術界嶄露頭角的寶生滿男，日後出版了自傳。其中雖然沒有直接寫出「和樂京子」這個名字，卻述說了與一個多半是鈴姐的女子有過一段青澀、平淡又真心的戀情。

同時也提到了殘酷的分手理由。

那是她第一次為我當模特兒的時候。

「你要畫的我，不是你現在看到的我，當然也不要畫被打著強光出現在銀幕上的我。」她這麼說。

我非常混亂。

由衷享受人生的她就坐在我眼前。享受人生的女子比什麼都有魅力，但她說她並不希望我畫那樣的她，也不要我畫她在漆黑電影院裡映在大銀幕上的倩影。

我不知如何是好。

「妳這麼說，我不知道該怎麼畫。」

看到我放下畫筆，她說：

「喏，畫在天國的我。我想看看。」

當時，我好崇拜她。

每當想起她，就愛得夜不能眠，覺得若是為了她，命也可以不要。

然而，其中畢竟有崇拜。崇拜使我軟弱，崇拜使我怯懦。

不，我不是為了寫這些漂亮話，才答應出版這本自傳的。我是出於更膽小、更殘酷的理由，才踐踏了她的感情，也踐踏了自己的感情。

我的父母反對我和她交往。移民美國，在貧困的生活中，賣命拉拔我和弟弟們長大的父母。

我所愛的她，是長崎原爆的受害者。

要是將來生下來的孩子受到影響怎麼辦？我的父母強烈反對，我無法說服他們。

不，別再推給他們了，說到底是愚蠢的我無法說服我自己。

是不是身體不舒服？你後來都沒有再來店裡，我有點擔心。

咖啡店的小桃傳簡訊來的時候，一心真的有點感冒，正照往常那樣吞了一堆維他命C，大白天就鑽進被窩裡。

所謂心理影響身體，一看清簡訊是她傳來的，沉重的身體頓時變輕了。

最近有點忙，明天大概會去。

一心立刻回覆。

太好了～

太好了？

因為，後來你都沒來，我怕我是不是做了什麼惹你生氣了（笑）。

不不不，哪會！是我不好意思，都沒聯絡。

雖然想起那一晚她與男友恩愛地排在超市收銀的側臉，一心還是想繼續與她之間節奏明快、愈聊愈多的對話。

一心有駕照嗎？

有啊，不過沒車。

下次要不要租車去兜風？我很喜歡開車。

一心盯著這封簡訊半晌。發這封簡訊時，她男友該不會正在旁邊笑著吧？猜疑心一起，便不可收拾。

來到約定會合的站前廣場的她，戴著平常沒戴的眼鏡，以略帶緊張的神情握著方向盤。

一心跨過護欄繞到駕駛座那邊，打開車門說：「我來開吧。」她以「不用、不用，不然回程你開」拒絕了。

時機不巧，後面來了一輛循環公車，一心只好先鑽進副駕駛座。

租車也是她安排的。一心當然自告奮勇過，但她堅持，說想選喜歡的車。

她選的是一般稱為跑車型的紅色進口車，事先知會過一心所以他並不吃驚，但那厚重的引擎聲在閑靜的郊外站前廣場顯得相當突兀。

「沒想到小桃喜歡這種車。」

一坐上副駕駛座，繫好安全帶，一心便立刻確認：「可以叫妳『小桃』吧？」

她點頭「嗯」了一聲，同時小心翼翼地轉動方向盤，笑道：「我國中的時候，還認真想過要當職業選手。」

小桃說，這是受到喜愛賽車的父親的影響。只不過，興趣並沒有持續很久，現在就是像這樣偶爾租個車兜兜風當作消遣。

去年大學畢業的她沒有找正職工作而是在現在的咖啡店工作，是因為將來想自己開店。

光聽會覺得和賽車手一樣是癡人說夢，但其實她外婆家在川崎市內開了一家小餐館，後繼無人，她計畫將來把那裡改成咖啡店。

這天，兩人去的是輕井澤，在去程的路上談起了這些。一心鼓起勇氣拆穿自己說的謊，說他並沒有受託寫和樂京子的評傳，只是幫忙整理倉庫的打工仔。

因為說得實在太快，連自己說了什麼、是怎麼說的都記不清，但那時候正好是在休息站休息過後，她雖驚訝地反應「咦，是喔？」卻又笑說：「幹嘛死要面子啊！」

隨即說休息時吃的糯米丸子很好吃，轉移了話題。

時間還不到初夏，雖是晴天，輕井澤還是有點冷。百分之八十來輕井澤兜風的情侶會走的路線兩人也走了一圈。在一間義大利餐廳吃過遲來的午餐後，換一心開車。一心大學時在貨運公司打工開過小貨車，駕駛技術不錯，他在車多擁擠的公營停車場露了一手倒車入庫，讓小桃大讚厲害。

雖然太陽還沒下山，但他們不想把還車時間抓得太緊，提早離開了輕井澤。當車子越過碓冰嶺、駛上上信越高速公路時，天全黑了。

「像一心這樣的人也會劈腿嗎？」

她突然問。廣播裡ＤＪ正在聊劈腿的話題。

「咦？我？怎麼這麼問？」一心莫名慌了。

她又聽ＤＪ講了一陣子，但一進廣告就轉台，自言自語地說：「應該要由我來決定對吧……」

一心沒問這是什麼意思，他覺得不問比較好。轉台之後的頻道播放了三首西洋歌曲，期間他們雙方都沒有說話。

「我可以說一些不太愉快的事嗎？」

小桃輕輕嘆了一口氣。

「可以啊，因為我現在非常幸福。」一心馬上答應。這句話未經思索便脫口而出，卻是他的真心話。

聽到一心這麼說，小桃笑了。

「還好今天來了。」

小桃這麼說，然後說起那不太愉快的事：男友劈腿，不只一次。她不知道他為什麼有了新對象還要跟自己在一起，也明白兩人的關係何去何從要由自己來決定。

回程他們也在休息站稍事休息。去程的休息站很大，有很多間餐廳，但回程的休息站除了廁所就只有幾間小商店，停車場裡雖有不少輛司機正在補眠的卡車，一般轎車卻沒有幾輛。

停好車之後，小桃還是睡著沒醒，無力垂下的脖子在外面燈光的照亮下白得有如透明。一心看著她的睡臉看了好久。

不知為何，他想起了小桃先前那句「應該要由我來決定對吧」。

一心嚥了好幾次口水，解開安全帶，吻了睡著的小桃。小桃馬上就醒了。雖然醒了，卻閉著眼沒有睜開。

《櫻花、櫻花》紅遍全美的隔年，和樂京子收到一封通知，那是震驚她、電影公司、全美國以及全日本的大新聞。和樂京子憑著她在《櫻花、櫻花》中的演技，入圍了奧斯卡金像獎最佳女主角獎。

不用說這是日本人首次入圍，要是獲獎，就是有色人種繼哈蒂・麥克丹尼爾於一九四〇年以《亂世佳人》的女傭角色成為首位奧斯卡黑人得主後的壯舉。

當時，全日本為這則捷報樂翻天的種種新聞片段也留了下來。內容幾乎都是她風靡美國的相關報導，其中還包括民眾排隊在祭拜藝能之神的赤坂豐川稻荷神社祈求得獎的場面。

雖然有點過火，但畢竟與與樂京子同時入圍的還有英格麗・褒曼和凱薩琳・赫本，日本人興奮的程度也不能算誇張。

即便是在鈴姐輝煌燦爛的人生裡，入圍奧斯卡金像獎也依然是極為特殊的經歷。

在收得雜亂的資料當中，這部分的照片和報導堪稱是唯一井井有條的。

由於事先交代找到這些資料時要通知，一心便和鈴姐家聯絡，鈴姐馬上就來了。

「我一直到最後一刻都在猶豫呢，你看。」

檔案裡，連向巴黎世家訂製要在頒獎典禮上穿的禮服尺寸和明細都有。「做是做了，結果還是穿了和服。」鈴姐告訴一心。

和樂京子在這次頒獎典禮的圓桌上與伊莉莎白・泰勒親密交談的照片很有名，凡是電影愛好者大概都看過吧。

當時不像現在有電視實況轉播，這張照片是向日本傳遞海洋彼岸的頒獎典禮的唯一方式。鋪著白桌布的圓桌上擺著香檳杯，日本、美國兩位女星微笑互讚彼此的美，那場面足以讓當時的日本人充分領略到好萊塢的豪華與奧斯卡金像獎的格調。

順帶一提，和樂京子在頒獎典禮上穿的是加賀友禪。雖然是黑白照片，仍看得出那盛開的大朵牡丹花與她當天的美相互輝映。

「特地做的巴黎世家禮服呢？」一心問道。

「結果沒穿……啊，我想起來了，在《愛的世界》裡穿了，我回日本之後拍的電影。」

《愛的世界》是當時日本罕見的歌舞片。電影的最後一幕，在東京車站的月台上載歌載舞的和樂京子所穿的黑色禮服應該就是了。

「如果是現在，我會穿誰的禮服出席頒獎典禮呢？」

鈴姐翻著當時的照片興沖沖地低聲自語。

「現在的話，我一定會選 Tom Ford 吧。」

一心對時尚所知不多，只是默默聽著鈴姐自言自語。或許她腦海中已經出現穿著 Tom Ford 的禮服走紅毯的畫面，鈴姐的背脊比平常更挺直了些。

附帶說一句，和樂京子與奧斯卡金像獎失之交臂。

那年榮獲最佳女主角的，是主演《小魔女莉莉》的十三歲童星，後來雖有幾部佳作，但不到二十歲便引退，與德州一個牧場主人結了婚。

資料中挖出得獎感言的底稿時，鈴姐表情驟變。說是底稿，其實幾乎形同紙條，但當初要是得獎，和樂京子就會拿著這張紙條發表感言。

「請問，這個是得獎感言的底稿吧？」

從頭到尾都是英語，但第一行感謝的話一心也看得懂。不過，表情驟然一僵的鈴姐立刻從一心手中搶走了底稿。

鈴姐開始看，表情不變，但明明沒有移動的鈴姐感覺卻好像變遠了一點。

一心莫名覺得應該讓她靜一靜，便說聲「我去一下便利商店」，離開了房間。

一定是他想太多，但他就是不由自主地覺得鈴姐想獨處。

小桃的聯絡來得突然。她說這個週末要搬家，問他如果有空能不能來幫忙。一心立刻回覆，說當然會去。

但，一回覆馬上就後悔了。小桃根本沒說她是要獨自從同居的男友那裡搬走，也許小桃是拜託他幫忙她和男友搬家。

正混亂時，就收到了道謝的回覆，說她和男友分手，臨時找了一間公寓，想把隨身的東西搬過去就好。

一心表示希望把搬家租車的任務交給他。小桃立刻打電話來，聲音有點哽咽。

那天，一心開著租來的車去了她的公寓，貼著白瓷磚的建築很氣派，但她與男友住的那間靠北，儘管天氣晴朗，門口和屋內都很暗。

小桃不知說了多少次「對不起喔，突然找你幫忙」，但聲音聽起來她好像看開了，甚至連捲起運動衫的手臂都顯得很堅強。

同居的男友不在家，但從凌亂的床和晾在室內的男用貼身衣物，可知不久前他都在這裡。小桃動作俐落，已經堆起了五個紙箱。一心一箱箱搬上車的時候，本來在將剩下的東西塞進大行李箱的小桃說：「這是最後一個。」咔啦咔啦拉著行李箱走出來。

「都好了？」一心問。

「嗯，都結束了。謝謝。」

那時候，小桃看起來有一瞬間想回頭，但忍住了。

小桃臨時找到的公寓在多摩川的另一側，那是一間看起來就是租給單身年輕人的白牆木造公寓。小桃租的是二樓最後一間，但這次是面南，門一開，便是一室幾乎令人睜不開眼的陽光。

房間裡什麼都沒有。沒有窗簾，沒有拖鞋，沒有衛生紙。有的是放在小小廚房裡的水電瓦斯申請表。

一心馬上就想把行李搬進去，她卻說：「先乾杯吧。」一看，她手裡拿著便利商店買的無酒精啤酒。

兩人坐在空無一物的地板上，說：「來，乾杯。」拿罐裝啤酒互碰。

「全都沒了。」小桃環顧小小的房間。

同樣環顧了一圈的一心說：「可是，這裡有陽光。」

小桃似乎很中意一心的感想。

「不知道為什麼，我覺得這邊比較適合小桃。」

一心喝完無酒精啤酒，說：「好，開始幹活吧！」從小貨車搬出紙箱。

走下樓梯，沒來由地回頭。

他一直想像她住的地方。在此之前也曾有過種種想像，但現在覺得這裡真的最適合她。

雷雨三味線

不知不覺間，季節已接近夏天。

樹葉在強烈的陽光下閃著白光。忽然間烏雲密布，傾盆大雨激起了濃濃的土味。

季節轉換之際身體都會有些不適，整理資料的工作想暫停一陣子。鈴姐在兩週多前通知一心。

一心倒是無所謂，告訴鈴姐說，萬一買東西還是有什麼不方便的，可以隨時聯絡他。

電話裡的聲音聽起來精神很好，一心原以為可能是感冒了，但一週過去、十天過去，鈴姐都沒有聯絡。一心有點擔心，便在附近的水果行買了最貴的芒果去探望。

所幸鈴姐一副沒事人樣。「哎呀，抱歉，本來想聯絡你的，一時手忙腳亂的就沒聯絡了。」將一心迎了進去。

一問之下，原來她真的感冒了，雖然燒很快就退了，但喉嚨痛一直沒好，躺了幾天。手忙腳亂忘了聯絡一心的不是鈴姐而是昌子，說是雨天在地鐵車站的樓梯滑了一跤，左腳骨折了。

看見的人立刻幫忙叫了救護車，但平常活力十足的人一住院，膽氣一下就沒了。

「記得那時才五十來歲吧，昌子搭觀光巴士去黑部水壩玩的時候，也從好長的樓梯上摔下來。當時她老公雅彥還在，可是不巧在國外出差，而我的舞台劇工作正好有一個月的空檔，就趕去黑部的醫院接她。」

搭鈴姐安排的計程車從醫院到車站的路上，上了石膏的腿每動一下昌子姐就痛得歪臉呻吟，卻還說著：「我還走在前面說：『樓梯很陡大家要小心！』結果自己摔成這樣。」拿自己的冒失取笑了一番。

「我和昌子都是什麼不好就是身體好，所以那時候就說，像我們這種只會偶爾感冒一下的人，以後老了一定不是病死，八成是跌倒摔斷骨頭，直接一動不能動地躺到斷氣。」

手術後雖然恢復得很順利，但獨居畢竟不便，所以昌子姐繼續住在醫院。黑部水壩的往事，是前幾天鈴姐去探望的時候，昌子姐一句「我突然想起來……」提起的。

接著就聊到住在神戶的獨生子一直問她「要不要搬過來一起住」，當然這件事之前昌子姐也提過，每次她都置之一笑。

「當然不可能啊，我和那個媳婦在同一個屋簷下怎麼住得下去啊。孫子也是，跑去一個只會吵的樂團彈吉他，一點也不可愛了。我在這裡好得很，和鈴姐兩個女人快活著呢。」

說到這裡，鈴姐呼地吐了一口氣：「總覺得，說這些心情會變得很沉重。」說著站起來，問一心：「阿一啊，我們去陽台喝啤酒吧！」

「吶，不是有荷蘭還是丹麥的啤酒嗎？白白的、淡淡的那種。那種的話，我可以喝一點。像這種日子，大白天開喝一定很痛快。那邊的超市就有賣，你跑一趟去買吧。」

鈴姐望向陽台，那裡陽光傾瀉而下，宣告夏天的到來。敞開的窗戶吹進來的風是潮溼的，已經讓人想不起不久前還冰冷乾燥的風了。

第二天重啟整理倉庫的工作。這回進度超乎預期，鈴姐說要留的東西搬去華廈，貴重的資料搬到五十嵐教授那裡，其餘的廢棄。於是一回神，地板和白牆從形同倉庫的屋子中一一露臉，餐具櫃也出現了，約莫找回一半原本人住的電梯公寓的樣貌。

地方一空下來，鈴姐就拿花裝飾。

她會叫一心從家裡搬花瓶過去，在裡面插上鮮花，也會從家裡的陽台帶來小盆栽，裝飾在窗邊。

將髒掉的窗簾全都拆下來之後，雖然只有下午，但陽光會從朝西的窗戶照進來。

「灰塵還是很多，花兒好可憐啊。」

說是這麼說，鈴姐還是搬了更多花進來。

「我呀，以前試鏡的時候，被問到什麼東西是妳的生活中絕對不能沒有的，我的回答就是花。」

在好萊塢發展的三年多，和樂京子拍了八部片。這些作品幾乎都與美國數一數二的演員合演，她在演員名單上排名第三或第四，毫無疑問是好萊塢巨星。

只是，在入圍奧斯卡金像獎的《櫻花、櫻花》之後，她就沒有堪稱賣座的作品了。她演出很多像與當時交往的理查．克羅斯這種大明星為聖誕節所拍的應景片，結局歡樂，老少咸宜，賣座也不錯，但當然與年底的一連串大獎無緣，過了年連觀眾都不記得了。

即使如此，就某方面而言，當時別具異國風情的和樂京子還是行情很好。據報導，她上電視節目的錄影現場，有上千人排隊爭取一百個入場資格。

在這段好萊塢時期，諷刺的是，為和樂京子往後的演藝生涯留下最重大一筆的並非美國電影，而是一部名為《女人歡》的義大利電影。

由義大利巨匠路奇阿諾·洛可集生涯之大成所拍的這部電影，是描寫一名詩人一生的宏大敘事詩。

電影採用倒述方式，垂暮之年的詩人回憶一生中遇見過的女人，以南義的港都為舞台，一會兒是年幼的詩人向剛當上漁夫的少年傾訴他對心儀的法國少女的愛意，一會兒是對蕭條酒吧的老闆大談他與戰時同居的猶太女郎間的情事。

和樂京子則出現在他度過青年時期的中南半島那一段。

她飾演在當地從事貿易的富裕華僑之女，與他之間的關係極淡，連柏拉圖式的愛戀也不敢，彷彿只是隔著蕾絲窗簾輕觸指尖，卻讓詩人留下名垂青史的詩作《打赤腳的女人》，這段演出令人印象深刻。

劇中有一幕，在熱帶的雷陣雨中，她從豪宅走出，赤腳走在草地上。

年輕詩人從豪宅外的原生椰子林望著她的身影。

強勁的雨勢。

被打濕的草地。

她身上的白色連身洋裝濕透了，雨滴流過裸露的雪白肩頭。

詩人從語言不通的女子的手部動作、弄髒的腳底找到了語詞。炎熱的雨中，詩人在打濕的筆記本上筆走龍蛇。

和樂京子在這一幕裡宛如熱帶的花朵。愈被雨愈打愈嬌豔，愈是被男人注視愈是香汗淋漓。

當初，這部《女人歡》預定由蘇菲亞．羅蘭和凱薩琳．丹妮芙分別代表義大利與法國演出。

結果因為檔期無法合作。若能實現，這部電影勢必會成為電影黃金年代世界各國頂尖女星群芳競豔的紀念碑。

在《女人歡》殺青後，和樂京子並沒有與所屬的美國電影公司續約，而是翩然回日。

在當時的訪問中，她是這麼說的：

「好萊塢教會我如何演美麗的吻戲，可以說在好萊塢度過的歲月就是我的青春。但與路奇阿諾．洛可導演合作過後，讓我想再次與訴說人生的電影導演共事。我一定是想念起日本的導演了。」

回國後有好幾年，她的工作都如她所願。

以《竹取物語》席捲全世界之後，一直未能超越此作的千家導演像是在等和樂京子回國一般，拍了後來被稱為「藝妓三部曲」的作品。

從某個角度來看，這一系列典雅的作品中隨處可見即將消失的日本風情，主演全由和樂京子擔綱，主題聚焦在藝妓受到銀座俱樂部的衝擊而被迫走入夕陽的驕傲與悲哀，反映日漸稀薄的日本文化。

三部曲中的壓軸之作《雷雨三味線》，描述和樂京子從藝妓一躍而為銀座俱樂部受聘媽媽桑，雖一度奢華豪闊，卻被信任的男人騙走了錢，最後回到向島重操藝妓舊業。

儘管故事本身沒有新意，但千家導演在作品最後一幕，和樂京子從擁擠喧鬧的銀座回到向島的寫景中，將日式之美拍得淋漓盡致。

略感疲憊的和樂京子走過小花盛開、盆栽並排的小路。一群孩子騎著三輪車從她面前橫越而過，長屋飄出烤秋刀魚的煙。

石頭被傍晚時灑的水打濕而閃閃發亮，不知何處傳來三味線的琴音。有些走調的音色，讓和樂京子小小嘖了舌。

但是，那張疲憊的臉上卻露出淡淡的笑容。這時下起了突如其來的雷陣雨。她拎起和服下襬跑起來，敲在石板上的木屐聲一聲高過一聲。

這個時期不管是對和樂京子還是對日本電影界，恐怕都是黃金時期的尾聲。

在東京奧運的激情告一段落後，觀眾的興趣便從電影逐漸轉移到新奇的電視。

那天，是那一年首次超過二十五度的夏日。天空看起來好像會下起雷陣雨。

小桃蹲在公寓小小的陽台上洗著白布鞋，身上只有短得像內褲的短褲和無袖襯衫，臀形和脊椎原形畢露。

一心在屋裡躺著，伸腳把電風扇轉過去吹陽台。

小桃感覺到背後有風，豎起沾滿泡沫的大姆指代替道謝。

「對了，冷氣怎麼樣了？」一心問。

「房東馬上就找人了，可是說要下星期才能來。這個時期他們好像都很忙。」

「只是有黴味，不能我們自己清嗎？」

「這我也問過了，說是機器老了，要高壓清洗才有用。」

晾好洗好的布鞋，小桃回到房間。

「妳穿那樣去陽台，不會有人偷看嗎？」

「這個？很平常的家居服啊。」

小桃說的沒錯，但腹部被水打濕了，緊貼在肚臍上。

「阿一也可以把衣服脫一脫啊。這麼熱，別穿牛仔褲了。」

被小桃這麼一說，一心覺得有道理，便把牛仔褲和T恤都脫了，只剩一條內褲。

「晚上吃什麼？要煮嗎？」

小桃站起來跨在躺成大字的一心身上，俯瞰一心的臉。

「對了，上次的盤子拿出來用了？」一心問。

「啊，拿出來了。可厲害了，是皇家哥本哈根的呢。」

小桃從就在旁邊的廚房架子上拿出一對相同的盤子給他看。那是從鈴姐的倉庫挖出來的，應該是很久以前別人送的，連包裝都沒拆。

「阿一，這你會用到嗎？」鈴姐問。

「不，不用了。看起來很貴。」

拒絕的話才說出口，心裡就冒出一個點子，於是改口說還是會用到，為幾乎還沒有家用什物的小桃要了回來。

「飯碗有了，多虧這些餐具，裝我和阿一兩人份的料理綽綽有餘了。」

小桃說著就要把盤子放回架上，一心對她說：「去買東西吧。」然後又問：「今天也可以留下來過夜嗎？」

小桃一聽，不知為何又把盤子拿回來，擺在躺著的一心的胸口、肚子上。

「呃？幹嘛？」

「沒事。」

「很涼，還滿舒服的。」

「我說啊，你以後別再問可不可以留下來過夜了。」

「咦？」

「我希望你不要再問了。」

「嗯……知道了。」

小桃拿兩個小碟子遮住一心的乳暈，站起來打趣般看他。

「妳幹嘛啊。」

「本來是想來個男體盛[8]……但看起來很難吃。」

「我想也是。」

結果這天他們沒有去買東西。不久，下起了又大又猛的雷陣雨，雨聲蓋過了小桃喑啞的聲音。

沖過澡後，兩人餓著肚子走向車站前的中餐館。天上的晚霞好美。

這家店他們已經來過好幾次，老闆娘阿姨端上他們點的菜，還多送一道泡菜豆腐。

小桃筷子拿得很漂亮，她喜歡吃辣，而且不敢喝沒有味道的水。

「因為，喝白開水很像在吃藥啊。」

「吃藥？會嗎？」

「最近不是有加了味道的瓶裝水嗎？像檸檬、桃子那些。那個我就敢喝。」

看小桃津津有味地吃著泡菜豆腐，不知為何一心不敢將心裡的話說出口。自己喜歡喝水。說得誇張一點，如果問他人生最後想吃什麼，他會要一杯冰涼的水。

走出冷氣太強的餐廳，晚風宜人。

「吶，不知道煙火開始賣了沒？」小桃低聲說。

「還早呢。」

「都什麼時候開始賣啊？」

「不知道，開始放暑假的時候？」

「是嗎？那還很久喔。」

「要是看到我就買起來。」

---

8 將身體當成宴席料理的盛器，一般是以女性的姣好胴體。

牽起她的手。吃飽喝足，身心舒暢。一心做了一個深呼吸，覺得這真是個美好的夜晚。

鈴姐很期待每週一次的麻將。

牌搭子是固定的，鈴姐和昌子姐，再加上今井夫婦。

「阿一，你打不打麻將？……是說現在的年輕人都不打了喔。」

鈴姐找他代替住院的昌子姐。其實，大學時一心曾有段時間泡在麻將館裡。最初是玩網路遊戲，後來受《麻將放浪記》這部電影的影響開始去麻將館。

鈴姐得知一心會打麻將很高興，但一心卻很難說出：「好的，我很樂意。」這是因為，一心知道那多半不會是小孩子玩玩，一台的金額恐怕不低，像他這樣的人玩下去肯定大失血。

鈴姐察覺到一心的顧慮，貼心地說：「會給一心算初學者的金額的。」但不排斥小賭的一心認為這樣樂趣也會減半，便問了實際的金額。

原來如此，大約就是大學時代打工有收入之後，曾經勉強硬跟過幾次的那種牌局的程度。

打麻將當天，打完半圈之後才知道，鈴姐喊「阿今」的今井夫妻中的先生，竟然是寫過幾十首琅琅上口的昭和流行歌曲的作曲家今井洋輔，而被稱為「小惠」的太太，則是唱紅了其中一首便爽快自演藝圈引退、嫁給今井大師的偶像歌手岸瑠美。

因為年齡的關係，一心對這兩人沒有什麼概念，但《蒙地卡羅之夜》、《海鷗歌》，以及岸瑠美所唱的《你好》等，至今年輕一輩仍會在卡拉OK配上當時獨特的編舞動作邊唱邊跳。

話雖如此，坐在麻將桌上時，彼此的身分不太會成為話題。心思全都在手裡的牌和牌友丟出來的牌上。

這時鈴姐養的貓圓圓也已經會親近一心，像平常一樣，一旦上了大腿，不管是想換腳蹺還是換坐姿，牠都緊巴著不肯下來。

「圓圓簡直就像死攀在崖上。」一心這樣取笑，鈴姐會回應：「像我們這種老人家的腿都是骨頭，窩起來不舒服，還是一心這樣的年輕人的腿才有彈性。」但彼此的意識還是專注在手上的牌。

一專心，時間就過得飛快。他們午後很早就上桌，一回神，早已是要擔心晚飯的時刻，打麻將的日子，他們習慣一起去附近吃壽司。

這天，一心也作陪。

一心不會油嘴滑舌，也不會畏縮拘謹，今井夫婦似乎很喜歡他，到了附近的壽司店，便愉快地告訴他一些自己的曲子連連大紅的往事。

鈴姐和今井太太似乎已經聽膩了，正在聽店主說自製烏魚子的做法。

「我也為我們鈴姐寫過好幾首呢。」

今井大師一口乾了盛在江戶切子玻璃杯裡的日本酒。

「那時候我夢想著她有一天會唱我寫的歌，結果夢想沒有實現。這是我唯一的遺憾啊。」

今井大師的嗓門本來就大，黃湯一下肚就更大了。但他的聲音不會令人感到不快，再加上刻著深深笑紋的表情，吧檯的其他客人也頗感興趣地側耳傾聽。

「不只唱歌吧？你的遺憾。」

為了多少降低丈夫的聲量，太太輕柔地將他的手臂拉近自己。

「我沒別的遺憾了。」

「胡說，明明就愛鈴姐愛得不得了，巴不得她嫁給你呢。」

今井太太的語氣沒有帶刺，顯然這也是他們經常掛在嘴上的往事之一。

「不只他喔，阿一，那時候沒有一個男人不迷上鈴姐的。」

今井太太不知為何往一心這邊看。

「這樣啊？」一心說著也朝坐在裡面的鈴姐看，但就像每次提到這類話題那樣，鈴姐微偏著頭，只有那雙眼睛露出微笑。

「雖然不是《竹取物語》的輝夜姬，但可是有一大群男人個個捧著一大束花在鈴姐面前排了好長的隊伍呢。不過要是我是男人，一定會也去排就是了。」

今井太太比鈴姐小了兩輪。只要聽她們兩人說上幾句，就聽得出她從以前到現在都是鈴姐的鐵粉。

「阿今，你是運氣好，沒娶我這種女人。要是娶了，就不能跟小惠在一起了。」

「不不不，現在我還是覺得鈴姐好。」

「敢當著老婆的面說這種話，就證明你是愛老婆愛得要命。」

壽司店這麼明亮的照明，更凸顯了鈴姐與生俱來的美。

並不是說今井太太不好，但那張恐怕是反覆整型才有的臉，看起來雖然比實際年齡年輕得可怕，但膨潤得不自然的嘴唇和硬往上拉的眼尾，怎麼看都有人工的痕跡。而人家鈴姐這邊，雖然不敢說一定沒有整型，但至少不像今井太太那樣不自然。

到底哪裡不同？一心想了一陣子才發覺：哦，是膚色。

若說今井太太的膚色有點人工，鈴姐的肌膚便是自然界有的顏色。他想不出更精確的說明，但無論頭髮、肌膚、浮現的血管，都和形成雨水、樹葉、紅蜻蜓的顏色成分是一樣的。

一走出壽司店，今井夫婦便在大馬路上搭計程車回位於麻布的家。

旁邊就是地鐵車站。一心說：「我送您。」鈴姐回答：「好啊，送我。」聲音裡難得有點撒嬌。

她喝了一、兩杯日本酒。

「到了這個年紀，看著感情那麼好的夫妻，就覺得一個人回家的路真是寂寞啊。」

一開始走，鈴姐便挽上了一心的手臂。

沒來由地心頭一顫，一心內心暗笑「對這樣一個老太太緊張個什麼勁啊」，心臟卻跳得更猛更快。

「這樣，會緊張欸。」

一心老實說。他認為說出來比較健康。

「哎呀，真是榮幸。」

一心配合鈴姐的步調走在略陡的坡道上。在如此市中心的地方仍有所謂的月光，大大的銀盤在高樓大廈上方發亮。

「鈴姐一定從小就一直是大家仰慕的對象吧？」

「才沒有呢。」

「怎麼會，一定是。」

「我有個好朋友叫佳乃子，她才是大家仰慕的對象。我只是愛出風頭而已，但佳乃子不同，她長得美，對每個人都很溫柔，又優雅。我連她的腳趾頭都比不上。我呀，現在還是常會想，我會不會是過了她的人生，也許我走過的人生其實是她的。」

一心還想聽她多說一點，鈴姐的話卻戛然而止。

一心不敢深究，默默走了一會兒之後，開口說：「最近，我和之前暗戀很久的人進展得很順利……」

自己也不知道為什麼會說起這些。

「哎喲，出現情敵了？」

鈴姐調侃般將手挽得更緊。

「鈴姐……」

一心仰望月亮走著。

「什麼事？」

「沒，怎麼說啊……可以說嗎？」

「到底是什麼啦？你也很會吊人胃口耶。」

鈴姐用身體撞了撞。

「沒，怎麼說呢，應該可以相信吧？我現在，那個，非常幸福……所以，就，不必去懷疑吧？」

他不是真的要鈴姐回答什麼，看來鈴姐也懂。畢竟他連自己想問什麼都搞不清楚。

他們默默無言地走到坡頂。

「月亮好美啊。」

鈴姐停下腳步仰望天空，純白的月亮懸在明亮的都心天空中。

鈴姐曾結過一次婚，對象是小她五歲的演員牧瀨士郎。這段三年便告終的婚姻，讓她生平第一次捲進醜聞風暴中。

ミス・サンシャイン

週日的欲望

今天窗外仍是惱人的綿綿細雨。

「阿一，可不可以關一下那邊的窗戶？不然圓圓又要跑到濕答答的陽台上了。」

奉鈴姐之命，一心伸懶腰般伸長了手關上鋁門。他自認為已經習慣這裡了，但對於自己剛才半躺在沙發上差點直接抬腳去關門仍不禁傻眼。

雨天的下午，圍在鈴姐家一直開著的電視旁的，有鈴姐、一心、昌子姐三人，他們有一搭沒一搭地看著重播的綜藝節目。

「又要搭計程車回去了。」

石膏還沒拆掉的昌子姐恨恨地看著下雨的天空。

「對啊。要是硬搭地鐵回去，又在濕滑的樓梯上跌倒，就真的慘不忍睹了。」

「醫生說別待在家裡，能出門就多出門，當作是復健，可是一直下雨反而危險啊。」

至於昌子姐要不要搬去神戶的兒子家那件事，目前還是沒有進展，昌子姐也很現實，一出院能自由行走了，便放話說「我能跟那種媳婦住才有鬼」，馬上重拾過往的活力。

有一句沒一句地聽著她們說起車站哪邊地會滑、超市的地板很危險云云，一心伸手去拿茶几上的年輪蛋糕。

以前一心總覺得年輪蛋糕這種東西，每家店做出來的味道都差不多，但在鈴姐家吃好喝好，把嘴巴養刁了，他漸漸明白，年輪蛋糕也好，巧克力也好，柏餅也好，凡是被稱為一流的東西，就算最初給人的衝擊不大，也一定會讓人上癮。

「阿一要不要再來點紅茶？」

被鈴姐這麼問，「啊，好，我要。」一心回答，但泡茶的熱水壺裡卻沒有熱水。

「我來燒開水。」

一心拿著熱水壺走向廚房，熟練地燒了水。

「她以前明明是個好演員。」

鈴姐的聲音聽起來有點哀傷，「哦，是笛木吧？」接著聽見昌子姐說。

「對啊……我們合作過好幾次，電影電視都有。」

一心回到起居室。電視上，以毒舌資深演員聞名的笛木真由美上了節目，回應一位女性的煩惱——這位女性的帥哥男友勸她去整型。「憑什麼要妳去整型？既然覺得跟他不配，不會叫他自己去整嗎？什麼配不配的，妳傻了嗎！」說得一點也不客氣。

「唉，想來也是有很多苦衷吧。可是又何必上這種節目，激動得爆青筋呢。」

昌子姐則不同於鈴姐悲傷的聲調，以不屑的語氣接著說：

「一定是欠了很多錢吧？人啊，不管做過什麼都還是得活下去，這大家都懂，可是就是因為知道身為女明星的全盛期是什麼樣子，今天才更有感觸。看她這個樣子，實在很悲哀。看嘛，笛木在《祇園小調》演鈴姐的妹妹那時候，不是很可愛嗎？還有那個……」

昌子姐的話匣子關不上，一一列舉她想得起來的笛木與鈴姐合演的作品。

大概是聽到那些片名，想起笛木真由美以前的樣子，鈴姐看著電視裡青筋畢露的那個人，回想當時她青澀的面容，眼神也變得像個大姐姐。

這時候昌子姐來落井下石：

「結果她也是敗在男人手上。因為男人，白白浪費了大好才華。再怎麼愛那個男人，也應該在明白他沒有經商天分的時候叫他趕快收手，反正靠她演戲賺的就夠生活了，卻非要像寵兒子那樣去寵自己的男人，人家要錢就給錢，到最後那男的死得倒是爽快，借的錢欠的債全部落在她頭上。什麼餐廳、連鎖洗衣店，天曉得開過多少家店又倒過多少家……」

說到這裡水燒開了。嗶——的聲響讓鈴姐轉過頭來，視線與一心對上。

一心趕緊去熄火。然後頭又朝起居室那邊探出去，仍望著這邊的鈴姐不知為何對一心說：「她真的是個好演員。」

一心看向電視裡還在火冒三丈的人。

「是電影不好，沒能讓這麼好的演員好好發揮，不是她的錯。」

在電影界完全成為夕陽產業，演員幾乎都轉向耕耘小螢幕的趨勢中，和樂京子是罕見一直在大銀幕留到最後的女星之一。

合作多年的日映也像回應她的心意般，直到最後都以一流的導演、一流的工作團隊、一流的宣傳人員，繼續為世界獻上她主演的作品。但憑她一己之力改變不了時代的潮流，電影院的數目和觀眾入場人數日漸減少，日映本身也在龐大的債務壓力下面臨倒閉危機。

和樂京子的婚姻生活，正好與這個時期重疊。

她的結婚對象名叫牧瀨士郎，是個比她年輕的英俊小生，主演系列青春片竄紅，之後也以喜劇風格的警匪片系列電影成為知名影星，但就演員的等級而言，和樂京子還是高了好幾級。

當時，正值這類明星結婚蔚為流行的時期。作為一對足以和美空雲雀與小林旭、高倉健與江利智惠美媲美的豪華明星夫婦，和樂京子與牧瀨士郎的婚事也成為天大的新聞。

但，相對於其他明星夫婦在一流飯店舉行婚禮，受到來自全國各地的祝福與讚嘆，和樂京子和牧瀨士郎卻悄悄在都內神社成婚，只在隔天辦了一場宣告結婚的記者會。

一心看了這場記者會的新聞影片。可能是因為知道幾年後就會破局，相較於在大群記者前有點人來瘋的牧瀨士郎，和樂京子雖然展露出新婚妻子的美與高雅，卻彷彿已經預知自己數年後的命運。

「偶啊，現在就是佐助的心情。」

牧瀨士郎回答記者的問題時，頻頻將「我」發音成「偶」。

當時大概流行那樣說話，但現在聽起來，因為身旁的和樂京子雖然青澀卻落落大方，他反倒顯得有點孩子氣。

「佐助是指？」記者問。

「就是呢，偶啊，心情就像谷崎大師寫的《春琴抄》裡的佐助。如果是為了春琴，不對，如果是為了京子，我什麼都願意。」

鈴姐為什麼選擇牧瀨士郎作為人生伴侶，一心愈是看當時的報導和新聞影片就愈不懂。

若從以前昌子姐說的「呼吸」的觀點來說，這個叫作牧瀨士郎的男人的呼吸和鈴姐一點也不合。

「那麼，意思是說，要把這輩子都獻給這位美麗的某大姐嗎？」

接過記者這番嘲諷的話的是和樂京子：「哎呀，別說這種話……別看他這樣，他可是很大男人的。」她面露羞赧，說：「光是同意我繼續演戲，我就很感激了。」

這才是真心話吧。從當時的時代背景來看，再有名的女星婚後都很難繼續工作。

話雖如此，也不必為了這一點而選擇牧瀨士郎。

有一次，一心不動聲色地問鈴姐她愛上牧瀨士郎的哪一點。

鈴姐用一句話就回答了：

「我喜歡他的笑。」

「他笑得很爽快。不是低級的傻笑，該怎麼說才好呢，好像心在笑那樣的笑法。所以，就算有什麼不愉快，只要聽到他的笑聲，鬱悶煩躁的心情一下子就被趕跑了。哎呀，討厭，現在也還是馬上就能回想起來呢。」

看著鈴姐回想起前夫的笑的表情，一心也覺得好像能聽見他的笑聲。

「可是，總不會只為了笑聲就結婚吧？」一心傻眼。

「為什麼不能？」

「可是……」

「不然，要因為什麼理由才可以結婚？」

「這個，我也說不上來……」

當然，人不會只因為喜歡笑聲這個理由就結婚，但不知為何，一心覺得有點能理解鈴姐當時的心情。

無論是什麼樣的人，都會有突然忘記怎麼笑、靠自己無論如何都想不起來的時候。鈴姐想必也有那樣的時期吧。

只是，這個牧瀨士郎在結婚第二年就鬧出了金錢糾紛。

簡單地說，就是為所謂的直銷老鼠會當了代言人，被這個組織的受害者提起集體訴訟。

他開始和這個組織的高層來往，是在與和樂京子結婚之前兩年，當初是該組織春酒邀請的演藝人員之一，但高層裡有他國中同學，於是來往愈漸深入。

若只是老鼠會受害者的集體訴訟，問題雖大，倒也算不上名留昭和史的醜聞。

這件事之所以至今仍令人印象深刻，是一個同情受害者的黑道份子所引起的流血事件——他手持武士刀闖進這個組織的辦公室，砍傷了幾名幹部。

所幸沒有人喪生，但因為刻意挑媒體聚集在組織辦公室附近時犯案，幹部們渾身是血逃離的樣子被電視實況轉播到日本全國。

造成的衝擊非同小可。

代言人牧瀨士郎不得不退出演藝圈，身為妻子的和樂京子也被迫出席了道歉記者會。

就某種意義而言，這記者會現場，或許是讓過去以電影明星而生的和樂京子身為女性最真實的部分首度曝露在世人眼前。

相機的鎂光燈，可以是光也可以是影，視狀況而定。在此之前，無論是在日本、好萊塢還是歐洲，這些鎂光燈都竭盡所能支持和樂京子，唯獨這個時候，記者們的相機在和樂京子臉上落下前所未見的黑影。

她一再道歉的身影足以讓世人明白，她青春不再，風靡世界的時代已然告終。

只是，該說整件事就是要證明她是誕生在幸運星之下的女星嗎？她在記者會上說了好幾次：「他是個無可救藥的男人，卻也是我真心愛過的男人。」這番心情引發了世間女子的共鳴，竟成為當年的流行語。

接著這句話便自行發展，不但催生出暢銷金曲《愛過的男人》，還有同名電視劇。和樂京子與這一連串發展自然無關，然而，和樂京子除了是大明星也是女人的形象，無疑讓她順利轉換軌道，來到渴求有人味的主角而非銀幕大明星的電視劇。

事實上，這場記者會的隔年，在日映倒閉後改行進入電視台的電影人，便爭相為和樂京子製作家庭連續劇。

和樂京子也愉快地，將在真實人生中無法體驗的年輕母親角色演繹得俏皮詼諧，好幾部劇都成了系列作品。

她與牧瀨士郎短暫的婚姻生活雖然畫下了句點，但對於這次離婚，社會大眾偏向同情和樂京子，結果應該沒有對她身為女明星的價值造成傷害。

她擁有戰勝醜聞的才華。

據昌子姐說，勸她離婚的，是她那些老交情的電影導演和製作人。

鈴姐倒是對昌子姐和身邊的人說，她有自信養得起一個男人。但牧瀨士郎這個人並不是爛到骨子裡，聽了朋友、前輩們的勸，為了和樂京子這位女明星著想而主動離開，這才是真相。

簡單地說，是他要走，鈴姐沒有挽留。

那之後，當她主演的家庭連續劇系列開始獲得高收視率，牧瀨士郎也悄悄重回演藝圈。但這次他不再演戲，而是成為電視益智節目主持人，備受重視，後來與年輕新人歌手再婚。

從鈴姐家回來的路上，一心去了小桃的公寓。

離開都心時還下著綿綿細雨，過了多摩川在最近的車站下車時，已是大雨滂沱。雨打濕了穿著短袖的手臂，雨水溫溫的，打在身上把汗都逼了出來。

去了便利商店，買了打算當宵夜吃的泡芙和牛奶。泡芙是麵皮比較硬的那種，小桃很喜歡。

到公寓的時候，雖然撐了傘仍渾身濕透。濕掉的手要從口袋裡拿出鑰匙也如一番苦戰，愈急傘愈拿不穩，不免要淋雨。

屋裡沒有開燈。小桃的打工應該已經下班，大概是去健身房上瑜伽了。

一心進了屋，沖了澡。

洗澡前發的簡訊沒有回，就算去上瑜伽，也有點晚了。

事先準備好的米煮好了，從冰箱裡拿出買回來當晚餐的雞肉時，他開始不安。

他發了訊息告訴她要做晚餐，只是，一樣沒有回覆。

雞胸肉還放在砧板上，一心就這麼出了門。鎖門的時候，把她說「你隨時都可以過來」而給他的鑰匙重握了好幾次。
他知道自己很傻，只是晚點回來罷了，只是沒有回訊息罷了。自己真是沒出息，竟為了這麼一點小事就懷疑心愛的人。
走出公寓，在這傾盆大雨中，他覺得只要走向車站，就會在路上遇到小桃。她應該會在他剛才去過的便利商店。轉過前面那個彎，打著紅花傘的小桃就會走過來。不，也許小桃忘了帶傘，正悠哉地在車站躲雨。
結果，一心一到車站便上了電車。應該在月台上遇到的，但小桃不在。
一心下了車，小桃不可能在這個車站的月台。一心出了站，小桃不可能站在這個車站前。一心走過不太想走的路，小桃不可能走在這條路上。
一心站在以前小桃和男友住過的公寓前，小桃不可能在這裡，她的身影不可能出現在她和男人住過的那個房間的窗裡。
可是——
一心抬頭看著那扇窗看了多久？他抬頭看著出現在那亮著燈的屋裡的小桃的臉看了多久？

回過神時，一心的傘已經掉了。他渾身濕透，望著自己心愛的人在不可能在的地方的身影。

和樂京子才剛正式進軍電視界，便主演了一齣後來成為社會現象的連續劇。《週日的欲望》這個劇名十分煽情，實際探討主婦的外遇，其劇情、社會常識與道德觀引爆了正反兩極的評論，報章雜誌與電視等媒體就不用說了，在職場上、家庭裡，所有地方都引起熱烈討論。

劇情固然衝擊性十足，但會有如此的反響，肯定是和樂京子分別巧妙地演繹主婦在郊區新興住宅區的幸福生活，與對外遇對象難分難捨的熱戀的演技。

連續劇在和樂京子送丈夫出門上班後去丟垃圾的腳步中展開。從門口到馬路那短短的階梯，她踩著涼鞋嗒嗒有聲地走下來。涼鞋的聲音彷彿在唱著歌。

目送走下長長坡路的丈夫後，孩子們從玄關跑出來。她幫長女重新把髮夾夾好，用圍裙擦擦長男的鼻子。

「我們上學去了！」

朝陽下的新興住宅區響起孩子們的聲音。而下一刻，不知為何，市區裡所有的聲響驟然消失。

劇中，令和樂京子無法自拔的，是丈夫手下一個已經有未婚妻的部下。他是人緣好的丈夫帶回家的部下之一，一開始是這個部下單戀她，後來她也漸漸抗拒不了這份情意。

一下子是這人誤判和樂京子的心意要和未婚妻分手，一下子是這未婚妻來找和樂京子的丈夫想辦法，每一集緊張刺激的劇情都讓觀眾緊盯著映像管不放。

一心本來打算回自己公寓，不知不覺卻又回了小桃的公寓，煎了兩人份的雞肉，燙了青菜，獨自吃了飯。

咬下香酥的雞皮，一心心想，她只是去拿東西而已。一定是有重要的東西放在那裡忘了拿。

「好晚啊，妳跑去哪裡了？」他問剛進門的小桃。「對不起，我去之前的家，有一定不能丟的東西要去拿。」她答得乾脆。

「那，見面了？」

「見誰？」

「就，前男友。」

「怎麼可能，我哪會見他啊！我只有跟他聯絡叫他把鑰匙放信箱，就可以不用見面了。」

「見一見也沒關係啊。」

「怎麼說？」

「因為，既然妳們已經沒關係了，見面也沒什麼。」

「討厭啦，我就不想見他啊。」

然而，都已經把自認為調味調得很不錯的香草雞肉吃完了，小桃還是沒有回來。

「阿一，你說得好像很希望我跟前男友見面似的。」

「怎麼可能，我幹嘛這麼想？」

「不是就好。」

「我只是覺得，既然妳心裡沒有他了，不見反而不自然。」

「啊——夠了喔，每次講到這些，阿一都會變得有點愛硬拗。好，來和好，像平常那樣，用額頭來碰我的額頭。好啦，快點。」

一心一直看著天花板。

心裡想著別再躺在這裡，趕快回自己家。但真要站起來卻使不出力氣。

不知為何，他想起之前鈴姐說過的話。就是鈴姐篤定地說「我連腳趾頭都比不上」的那位好友佳乃子。不知道那是個什麼樣的人？他不相信有人會比那個和樂京子更有魅力。鈴姐還說「也許我走過的人生其實應該是她要走的」，那是什麼意思？

窗外傳來小桃的腳步聲時，已經超過十二點了。她似乎知道一心在，腳步聲明明停在門前，門卻遲遲不開。

一心平靜得不可思議。一方面是叫自己不去想像小桃回來時難堪的場面，更多的是，儘管可悲，他還是想相信小桃。

開鎖聲響起，門開了。

一心爬起來。拿著紅花傘的小桃試圖微笑，但嘴角僵住了。

「雨呢？」一心問。

「已經停了。」

一心在廚房站定，問：「吃過晚飯了吧？」

「嗯……。」

小桃佇在小小的玄關，沒有要進來的意思。

「怎麼了？」一心問。

「那個……」

小桃想說真話。事到臨頭，一心卻突然慌了。

「我煎了雞肉，還試著用香草。」

「阿一，我……一直到剛剛……阿一，我，做了一件需要道歉的事……他說有話要說……說想見一面，我拒絕不了……我再也不去了。我以後絕對不會去的……對不起，對不起。」

「妳好歹說個謊啊。」

回過神，自己正喃喃這麼說。

「妳好歹說個謊啊，編個藉口也好啊！」

怒吼聲連自己都嚇到。

一心推開小桃跑了出去，自己也控制不了自己。他跑下樓梯，跑過通往車站的路。濕透的柏油路面，不知為何散發出濃濃的土味。

和樂京子向世人宣告她在電視界也是一流女明星的《週日的欲望》，首集便創下高收視率，並寫下連續劇最高收視率的紀錄。直到八〇年代《阿信》和偶像劇出現，才打破這個紀錄。

這齣連續劇自然有許多名場面。有些場景，雖然不能說是抄襲，但後世的戲劇、電影都直接沿用。

其中最有名的一場戲，應該是她在回家路上，看到丈夫的部下站在坡上的身影，橘子從女主角掉落的菜籃裡滾出來，有好幾顆滾下長長的坡道。

許多水果滾下坡道的情景，因色彩鮮明，現在常見於許多作品中，但實際上首度出現這一幕的，正是《週日的欲望》。

最後一集，女主角主婦拋下家庭，走向丈夫的部下。

新興住宅區已是萬籟俱寂。過去固定在清晨丟垃圾的女主角，吃完晚餐收拾好之後突然拿著廚餘垃圾往外走。

「媽媽，這個時間可以丟垃圾嗎？」

被長女糾正，她還是出去了。繫著圍裙，穿著涼鞋，出了家門的她走下長長的坡道。涼鞋聲在靜謐的住宅區響起，那聲音聽起來像悲傷的歌，也像幸福的歌。

原本是她下坡背影的畫面，切進了在起居室看電視的丈夫和兒女的畫面。接著出現的，是即將和未婚妻出發前往赴任之地的部下，部下將火車便當遞給未婚妻。起動的火車車窗，與下坡路上和樂京子的身影重疊，劇終。

ミス・サンシャイン

舞台劇女演員

正在鈴姐家吃素麵時，昌子姐照例來了，無奈說道：「阿一，你又來了啊？」

一心早已習慣。「昌子姐要不要吃素麵？」他問。「那正好，我帶了炸茄子來。」

昌子姐回答，並立刻從保鮮盒裡拿出清香撲鼻的辛香料。

還不到開電風扇或冷氣的時候，但沒有風，吃著清涼的素麵還是冒了汗。

昌子姐的身影消失，到廚房去忙了，蕾絲窗簾這時好不容易被風吹得鼓起來。

一心用手心抹掉額頭上的汗，說：「總覺得和鈴姐在一起就像偷到很多時間。」

雖然是脫口而出的話，但和鈴姐在一起時，不僅時間，就連吹進室內的風，都好像什麼獎賞一樣。

「別只顧著對我這種老太婆說好話，這些話你有沒有好好說給心愛的人聽？」

「要是說得出口就好了，總覺得難為情。」

「那就拿老太婆練習呀。」

「我才沒有拿鈴姐當老太婆。怎麼說啊，我是認真的。」

「哎喲，你這孩子，愈來愈會說話了。」

「我是說真的。」

嘴裡這麼說，心裡也真的這麼想。當然，鈴姐與自己戀愛很不自然；轉念又想，是哪裡不自然？而自然又是什麼？

他忽然想說他和小桃的事。雖然在意廚房裡昌子姐的動靜，但他再也忍不住了。

一心謊稱是好友遇到的情況，說了交往中的女友收到前男友的聯絡去見面的事。她很後悔，也發誓以後絕對不會再犯。

鈴姐默默聽著。一心不知道她相不相信這真的是好友的事，但聽完後她說：

「這需要時間。人的心啊，即使長大以後也還是跌跌撞撞的，只能慢慢走。有時候會停頓、會迷惘，但還是會向前走。所以，旁邊的人只能耐心等待。」

這時室內電話難得響起來，鈴姐說著「反正一定又是推銷電話」離席去接，但一接起來立刻以英語應答。

這是一心第一次聽鈴姐說英語，一開始雖然有些打結，但語感回來後，接著就是非常悅耳的漂亮發音。

「怎麼？誰打來的？」昌子姐從廚房跑出來。

一心英文不怎麼好，但還是可以從鈴姐重複對方的單字裡聽懂「金像獎」和「頒獎人」這些詞。

對話持續了好一段時間。一心早就吃完了，就連晚了許久才開始吃的昌子姐的碗也空了。

電話講到一半，鈴姐就完全變成聽眾，聽不出談話的內容。但看得出對方正熱切地勸說。

當對英語一竅不通的昌子姐留下鈴姐的份開始收拾餐桌時，電話終於掛斷了。

「呼——」吐了一大口氣的鈴姐說：「年輕時學過的東西，真的會臨時蹦出來呢……英語。」連她自己也嚇一跳。

「打來講什麼的？」

昌子姐雙手還端著盤子就問。

「問我願不願意去明年的金像獎頒獎典禮當頒獎人。」

「金像獎，美國的奧斯卡金像獎嗎？」

一心的聲音都破了，輕輕點了頭的鈴姐回到位子上，對於要吃掉素麵還是留著，猶豫了一秒鐘，結果連炸茄子一起解決掉。

吃完素麵的鈴姐說，電話是下一屆美國奧斯卡金像獎頒獎典禮的導演親自打來的，說是帶他進電影圈的祖父是和樂京子的鐵粉，他從小就看她演的電影，不管是美國的還是日本的，幾乎全都看過。

他說，下一屆美國奧斯卡金像獎的主題是「Legend——傳奇」。

從最佳男女主角獎乃至於導演、劇本、最佳影片等獎項，均邀請在該獎項寫下種種傳奇的人選擔任頒獎人，想請鈴姐頒發的是「最佳外語片」，在介紹完過去為奧斯卡金像獎錦上添花的世界名作之後，請她以首位入圍奧斯卡最佳女主角的亞洲女演員身分，發表較長的致辭談談她輝煌的電影人生。

「這不是很棒嗎？好棒喔！」

只有一心一個人激動不已，昌子姐早知道鈴姐淡出演藝圈之後拒絕一切邀約，已經哼著歌開始洗碗了。

「那，您怎麼回答？」一心問。

「我說讓我考慮一下。」

「咦？您不去嗎？去啦。要是鈴姐肯站上那個舞台，我的心情一定馬上好起來。」

忍不住吐露了真心話。當然，和鈴姐在一起就像過著特別的時光也是真心話；但來到這裡就可以不用去想小桃的事，同樣也是真心話。

突然感覺到視線，一回頭，戴著橡膠手套的昌子姐吃驚地瞪大了眼睛。注意到無言的她，鈴姐也找了藉口：「哎，我當然會拒絕呀。只是，他實在太熱情了。」

一心忽然想起，在倉庫找到的那張為奧斯卡金像獎頒獎典禮所準備的得獎感言講稿。

假如，鈴姐答應了這次邀約，在台上唸出五十多年前準備好的那篇感言。僅僅這樣，就能令人感受到歷史的重量吧？一心光想像就起了雞皮疙瘩。

小桃聯絡一心，說想見面好好道歉。

一心整整三天沒理她。然後在第四天晚上，藉著在便利商店買的日本酒的酒意，回覆說：「知道了，來約吧。」

其實，接到聯絡的那一刻一心就已經原諒她了。不，說起來，就連小桃背叛的那個晚上，他也不知道自己有沒有不原諒她的勇氣。

以前的男人一找就樂呵呵地去見面，男人當然不可能原諒這種女人。明明不能原諒，卻沒有勇氣不原諒。只要忍過這一次，幸福的昨天就會回來──一心忍不住緊緊攀附這個想法。

第二天傍晚，一心去見小桃。他遲到了很久，沒想到小桃竟然在車站前等。

「妳特地來接我？」一心有點冷淡地問。

小桃點點頭，走在他身旁。

「要不要去河灘那邊？」

一心這樣提議。他們去便利商店買了防蚊噴霧和冰咖啡，走過河畔的土堤。

小桃像走鋼索般走在慢跑專用道的白線上。對向有小孩子騎腳踏車過來，她只好離開白線，之後又特地走回剛剛離開的位置。

「我知道跟阿一說這個是多麼失禮的事，可我還是想說。」

電車從遠方的高架橋上駛過。實話真殘酷啊，一心這麼想。誠實根本不是什麼美德。

「我已經不喜歡他了，這點我很清楚，所以從來沒想要跟他復合。可是，有時候就是會想見他，無法控制地想見他。我覺得很對不起阿一，明明這麼喜歡阿一，真的很對不起……」

一心相信她沒有說謊。小桃認真說的話也好，忍不住落下的眼淚也好，他相信都是真的。因為是真的，才會這麼苦澀。

「這需要時間……」

一回神，一心正摸著並肩坐在土堤上的小桃的頭。

他靠近她那張滿是淚痕的臉，說：「人的心啊，就算長大了還是跌跌撞撞的，只能慢慢走。有時候會停頓、會迷惘，可是還是會慢慢向前。這樣就好，我想，不必太急。」

到了八〇年代，身為演員的和樂京子進入低潮期。

年齡已過五十，二十多歲被稱為肉體派女演員的野性不見了，三、四十歲時的活色生香也隨著年齡淡去，但凜然的舉止身段正是日本的精神，一如盛夏時映在河面的浴衣，一如冬日裡木工迴響於空中的木槌聲。不同於女人的性感，這樣的完滿之美令人想稱之為人的性感。

這個時期，和樂京子一直沒有得到好角色。不，不是沒有得到，而是日本電影界和電視界根本沒有適合邁入五十的大明星的角色。

簡直形同「女人」這個角色以四十多歲為界，過了便消失無蹤，只剩下「社長夫人」和「母親」這類頭銜。

即使如此，和樂京子還是演出了賣座的懸疑推理電影，飾演握有命案關鍵的紀州山林大王之妻。但這些都是掛著「特別演出」的名目，不是以前那種獨挑大樑的角色。

在一連串形同只是蹭和樂京子名聲的演出後，她終於在風靡一時的熱門時代劇《隱密道中　月影一座》遇上合適的角色。

儘管不是主角，仍是隱密五人組中唯一的紅花，她的武打身手妖豔又新穎，當時紅遍大街小巷，她在劇中使用的武器「翠玉」甚至還推出了玩具。

話雖如此，整個八〇年代除了這部《隱密道中　月影一座》，很遺憾地並沒有看到任何值得在她華麗的經歷中留下一筆的作品。

正是這時候，和樂京子開始投入舞台劇。

看當時的雜誌報導，原因之一是拍攝《隱密道中　月影一座》讓她再度體會到時代劇的樂趣，但從她向來以害怕為由一概不接舞台劇看來，想挑大樑飾演一個能夠盡情發揮的角色，才是她克服恐懼投入舞台劇的真正原因吧。

從此以後，她在多部舞台劇中擔任主角，果然從初期的《忠臣藏的女人》、《淀君》等劇開始就是大熱門，她主演的舞台劇在全國每座劇場都寫下場場爆滿的佳績。

從此，和樂京子定期演出舞台劇，在舞台劇領域發揮新的才華。

此外，她也展現出身為喜劇演員的另一番面貌，以悠閒自在的大阪腔逗笑觀眾。仔細想想，她在美國的成功，也是歸功於她在歌舞劇中幽默風趣的演技。實際上，和樂京子這個女演員能在下意識中戳中人們的笑穴，這時再加上人情味濃厚的大阪腔，便成為大眾渴望的「有笑有淚」的戲劇。

其中由她飾演大阪女漫才師的《咱們》，在全國各劇場都大賣座。這本來是為京蝶蝶所寫的劇本，卻成為和樂京子成熟期的代表作，其後數年一再上演、好評不斷，現在成名女演員也像比賽般競相演出此劇。

「我也不是要說以前多好……」

有一次，鈴姐忽然說起當年的事。應該是受鈴姐所託，給盆栽換腐葉土的時候。

「每次收到劇本，心情就會像情人來幽會。拆開裝著劇本的信封時，就像緊緊擁抱著情人。」

「鈴姐，電影、電視和舞台劇，妳最喜歡哪一個？」

「當然是電影呀，我最喜歡電影。好的電影劇本裡啊，都寫著某個人失敗的人生。拚命活過以後失敗的人生。」

「失敗的人生？」

「對。不是成功人士的故事。而是在人生中、在戀愛中，失敗了的人們的故事。我們演員演的就是那些故事。可是啊，不知道什麼時候開始，這樣的劇本變少了。從電視劇開始變少，後來電影也變少了，連小說也是。我倒是覺得，人呢，都是從失敗的人身上學到東西，絕對不是向成功的人學的。你大可去問問世上成功的人，你們的人生是向哪一邊的人學的。問他們，是得到的人的話可信，還是失去的人的話可信。每個人一定都會說，他們是向失去的人學習人生的。」

沒事了，已經沒事了——除了自己，還有誰每次要去女友家前都要先給自己打氣？一心懷疑。

只是，想歸想，如果不這麼做，向前走的腳就會停住，會覺得自己好像在欺騙自己，然後當場蹲下來。

季節已然進入夏天，遠處河畔草地上的熱氣，甚至飄到夕陽西照的住宅區巷子裡。從車站走來已滿身大汗的一心，抹掉額頭上的汗做了一次深呼吸，跑上公寓的樓梯。

「小桃，我買海瓜子回來了！」

在自己不自然放大的聲音之後，再追加一句：「先吐沙，晚上我來做海瓜子義大利麵。」

小桃立刻過來看，看到滿滿的海瓜子。「正好，上次店長給了我一瓶有機橄欖油。」說完，她從架上拿出一個色彩繽紛的瓶子。

「說是希臘的橄欖油。」

「希臘？不過，屋裡不熱嗎？小桃流了好多汗。」

「抱歉，因為我剛才在吸地。你把窗戶關一關開冷氣吧。」

小桃掛在脖子上的粉紅色毛巾有汗的味道，香豔的肩上冒出來的汗珠輕輕沿著上臂滑落。

「偶爾別吹冷氣，等天黑了去澡堂洗澡吧？」

對於一心這個提議，小桃猶豫了，「這麼熱不知道受不受得了」，但聽一心說「趁這個時間給海瓜子吐沙吧」，便說：「啊，去澡堂清爽一下，來杯冰啤酒，之後再來點濃濃的大蒜香，剛才我腦中出現了完美的畫面。」一臉得意地頻頻點頭。

把門打開，風就進來了。

在最通風的走廊鋪上毛巾被，彼此無言，相互觸碰。小桃朝天花板伸長了手，一心便去摸她的手指。一心翻身，小桃便對他的耳朵一番拉扯揉捏。

這天晚上，一心做的海瓜子義大利麵相當不錯，但可能吐沙不夠徹底，兩人分別咬到一顆帶沙的海瓜子，趕緊吐出來。

小桃在一心洗碗的時候，開始有點坐立難安。

她頻頻看手機，假裝去浴室拿毛巾時看一眼，假裝去給陽台的榕樹澆水時又看一眼。

因為房間小，即使背對著也感覺得到小桃的動靜。

「我去便利商店買冰，阿一也要吧？」

被急得像什麼也顧不得般走向玄關的小桃這樣問起時，一心的右手克制不住地捏碎了一個堅硬的海瓜子殼。明明想說別的，卻回答：「那我要哈根達斯的抹茶口味。」

「了解，那我去買了。」

「路上小心。」

握緊缺了角的海瓜子殼，手心被劃破了。血混在水龍頭不停流出的水中，從排水孔流走。

他想，一定是之前的男人聯絡她了。他想，她去便利商店一定是邊走邊打電話。夠了，他想。真的，夠了，他想。

還洗什麼碗，回家吧。可是，本來想把鑰匙往牆上扔的，不知為何手卻不動了。會不會是自己胡思亂想？明知道不是，卻仍這麼想。

一心在地板上躺成大字。

他面向天花板，對自己說：「你不是要回去嗎？快回去啊！」又大聲說：「那種女人，算了啦。」

他盯著天花板看了多久？回神的時候，已經過了一個多小時。一心像是把身體從沙裡拔出來般艱難地站起來，走出門。

明明打算回家，腳卻逕自往相反的方向動，喃喃地說：「去了又能怎樣？」難道要把她從男人家硬拖出來嗎？還是吼著把我的女人還來，朝他的臉揮一拳？一旦她在那裡，那就是一切的答案，再怎麼加減乘除，得到的答案都不會是自己。

可能是身體活動了，這時候割傷的手心才開始痛。血幾乎已經不流了，但裂開的傷口因汗水而刺痛。

上了電車，過了河。在小桃多半也下了車的車站下車，走向她多半也走去的地方。經過一家小超市，便是閑靜的住宅區，只有自己的腳步聲作響。

來到公寓前，一心卻沒有抬頭看窗。不管那裡有沒有小桃，他都要去。只是，他沒有去想去了要做什麼，如果想了，腳步一定會停下來。

出電梯，走過走廊，按下門鈴，吼人。

進電梯時他腦子裡只有這些。電梯門在三樓打開的那一瞬間，他聽到小桃的聲音。

「求求你！阿健，開門！求求你。再一次就好……我，會努力的。我會改的……」

一心無法走出電梯。小桃就在走廊盡頭。自己的情人就在那裡，攀著門，求過去的男人開門。

「求求你開門，好不好？求求你。」

一心心想，無可救藥；和自己一樣，小桃也無可救藥。

即使變得那麼不堪，還是無法放棄，小桃的心情一心完全可以體諒。明明不可以體諒，小桃的痛苦卻讓一心心痛如絞。

真是無可救藥啊。一心又想。好喜歡好喜歡，喜歡得不能自己。

對於公寓內男女癡纏的大動靜，住戶有的關窗，有的跑到走廊上來看。即使如此，小桃還是緊攀著門不放。

在和樂京子飾演大阪女漫才師的《咱們》中，有一幕是她目擊了丈夫外遇的現場，緊接著卻必須和丈夫一起上台。

趁著妻子為了電視的工作去東京，身兼漫才搭檔的丈夫一天到晚泡在年輕女諧星家。聽到這個消息，和樂京子找上門去，丈夫和年輕女諧星卻破罐破摔，於是場面一發不可收拾。

妻子想到過去與丈夫不知表演過幾千幾百次的段子，當場演了起來。構思這個段子的時候，你在劇場的休息室追求我；首次表演這個段子的第二天，我流產了；靠這個段子得獎的時候，你得了肺炎。就這樣將兩人的歷史一股腦地說出來。

丈夫則是一副要殺要剮隨便妳的樣子盤腿坐在那裡。旁邊穿好衣服的年輕女諧星肆無忌憚地說：「大姐，妳也太不乾脆了。瞧妳這一臉慘相，不怕有辱妳花咲幸子的大名嗎？」

下一瞬間，和樂京子變臉了。

「妳給我慢著。我啊，可不是什麼可憐的女人，也不是受害者。為喜歡的男人奉獻一生的女人，有什麼好可憐的？為心愛的男人而活的女人哪裡可憐了！」

現存的影片中，不知為何並沒有拍和樂京子說這段台詞的表情，拍的是聽這段話的年輕諧星的臉。但觀眾可以明顯感覺到她在和樂京子的魄力之下，打從骨子裡地懼怕，讓人分不清那是否是演技。

緊接在這場混戰之後，她便要與丈夫在劇場上台表演。

進了休息室仍戰火未消，她邊化舞台妝邊質問丈夫，流下氣惱的眼淚。

但她換上花俏的舞台裝，隨著「大師們，請出場」的報幕聲響起，她應了聲：「來了。」站起來。

鑽過布簾，走出休息室，劇場的舞台開始緩緩轉動。觀眾先看到在後台準備登場的兩人的背影，舞台轉到側邊時兩人還在吵架，接著舞台持續轉動，隨著輕快的伴奏，兩人在觀眾前登台。

和樂京子臉上沒有半點陰霾。在舞台側邊還在流淚的臉不知何時已然不見，正是那個永遠活潑開朗的花咲幸子。觀眾席對那張活力十足的笑臉投以「終於來了！」的呼聲。

「今天也來了好多人，孩子的爸，真叫人開心呀。」

「這世上閒人還真多啊。」

「又胡說。不就是託那些閒人的福，我們才能這樣表演漫才的嘛。」

就這樣，兩人開始表演「夫妻吵架」這個拿手段子。

「像妳這種母老虎，男人遇到了都要跑。妳離了幾次婚來著？」
「兩次。你是第三個。」
「這麼說，在我之前已經跑了兩個？」
「才不是，他們是我放走的。」
觀眾漸漸分不清自己看的是和樂京子飾演的花咲幸子，還是花咲幸子飾演的女漫才師。不知不覺間早已將這些拋諸腦後，開懷大笑著。

一心一直看著小桃抓著門喊開門的身影。
「求求你，再一次就好……我會努力的，我會改的。」那苦苦懇求的模樣與自己重疊在一起，實在窩囊。
他到底在電梯裡待了多久？回過神時，一心已經在走回車站的路上。
不知為何，腦海裡想像著自己去幫忙小桃的樣子。
想像自己跑到緊挨著門的小桃身邊，抱住她輕聲勸她：「夠了，算了吧。小桃已經努力過了，妳已經做了很多了。」回過神時，甚至開始在想像自己忘形地敲門，對裡面的男人怒吼：「開門讓她進去啊！她都這樣求你了……你至少開個門啊！」

他想像了無數次那樣的自己。只是，小桃一定不想讓任何人看到她那麼難堪的樣子。一心比誰都了解她的心情。

一到車站，一心便在空無一人的車站廣場上做了深呼吸。

「沒事的。」

出聲說出來，聲音卻在發抖。

ミス・サンシャイン

那個夏日

每週一到兩次，以輕鬆的步調幫和樂京子整理資料的工作，也即將接近尾聲。

整理之後，便知道那裡果然不是倉庫，是一間雖然不新，但在泡沫經濟時期蓋得極盡奢華的電梯公寓，廚房兼餐廳和浴室用了很多大理石。

從紙箱和壁櫃裡找出來的資料，一心先依照年代、媒體分類歸檔。整理好便送去給五十嵐教授，由教授保管必要的資料，其餘的在徵得鈴姐同意後，捐贈給位於鎌倉的一家近代電影資料館。

幾乎所有資料，鈴姐都滿心懷念地拿在手裡看過，卻不曾說要留。就一心的印象，鈴姐唯一當場帶回家的，應該只有入圍美國奧斯卡金像獎時，那張得獎感言的講稿。

來給倉庫徹底大掃除的昌子姐告訴一心，鈴姐似乎打算以頒獎人的身分出席明年的奧斯卡金像獎頒獎典禮。

「我也很吃驚啊。不過好像還沒正式決定就是了。畢竟，她息影以後，已經有十年沒有出席公開場合了。之前無論是什麼邀約，她都拒絕了……哎，當然沒關係呀，如果鈴姐想去的話，不管是美國還是歐洲，我都陪她去。可是，你也知道，一直沒亮相的人突然要上台……總會想說這是不是什麼不好的兆頭。不是啦，我當然覺得不是。

上次的健康檢查，醫生也說她是八十歲的健康寶寶。」

鈴姐可能會站上全世界都矚目的光輝舞台，一心以為自己會更開心。在昌子姐面前，雖然誇張地大喊「好厲害喔」，但那簡直不像自己的聲音。

那天，回家前去了鈴姐家。圓圓難得到門口迎接。

抱起圓圓進了起居室，鈴姐正陷在大沙發裡看書。

「我從圖書館借來的，字這麼大的書真好。」

鈴姐看的是司湯達的《帕爾馬修道院》，一心記得自己也看過，但想不起內容。

「鈴姐，妳要去奧斯卡金像獎頒獎典禮嗎？」

一心摸著圓圓這麼問。「昌子一定又隨便亂認定。我可沒說要去喔，只說我還沒拒絕。」鈴姐笑道。

鈴姐放下了大開本的書，不知為何以射穿人般的眼神看著一心。

「呃？」一心慌了。

「阿一，你最近有好好吃飯嗎？臉色很差呢。怎麼了？」

一心覺得自己逃不過鈴姐彷彿洞悉一切的眼神。笑說：

「其實我最近被甩了，大失戀。」

還以為鈴姐會問事情的始末，鈴姐卻隻字不提，說：「今天吃過晚飯再走，我烤肉給你吃。」

平常的話，一心會老實領情，但留在這裡，好像他很想講他跟小桃之間的事似的，他不想要這樣，便婉拒了。

「謝謝鈴姐，不過今天就不用了。」

「哦，是嗎？」

鈴姐也不勉強他。

從鈴姐家回家的路上，心頭突然發悶。這兩週，拚命壓在心底不去想的小桃彷彿要破胸而出。小桃挨在男人家門口哭的畫面，無論一心再怎麼壓抑，還是會跑出來。

一心不禁按住胸口，就地蹲下。

「也太誇張了。」他想對自己的行為一笑置之，但心跳卻又快又重得非比尋常。

自己也不明白到底是怎麼了，腦子裡突然一暗，像夏日的雨雲瞬間覆蓋了天空，就不動了。

心像是被大砲轟炸，破了一個大洞。無論他再怎麼努力呼吸，空氣就是進不了那個洞。一心更慌了。

「你沒事吧？」一個路過的女子關心道。

「沒事，謝謝。」一心簡短地回答，扶著護欄站起來。

「好弱啊，不過就失個戀，現在是怎樣？這種心臟，根本豆腐做的。」想再次一笑置之，但聲音已經抖得不像話。

不知為何，一心沒有去車站，而是回了鈴姐家。他覺得只要看到鈴姐的臉、討杯水喝，馬上就能復原。

鈴姐一副「忘了什麼嗎？」的樣子迎他進門，但馬上發覺他不對勁。

「怎麼了？」

「不好意思，我有點不舒服……」

一心想在玄關蹲下，鈴姐抓住他的手臂，說：「你先躺下來。」帶他到起居室的沙發。

一心聽話想躺下來，但一躺更不舒服，忍不住爬起來。

「我被她甩了。我滿腦子都是這件事。」

本以為說出來會好些，但就連這兩句話都說得結結巴巴。

沒來由地，完全無關的遙遠記憶復甦了。

他想起國中時偷看父親的日記。和這天一樣，那是個酷熱的夏日。去籃球社練習回來，灌了可爾必斯。母親不在家，不經意地進了門沒關的父親書房。真的只是隨手依序打開書桌的抽屜，看著裡面一成不變的鋼筆盒、舊存摺、公司的文件，以及成捆的賀年卡等東西，像平常一樣正要關上最下面那個抽屜的時候，看到一本眼生的日記簿。

他敵不過好奇心，想知道平常沉默寡言的父親會寫什麼樣的日記。

隨手翻了翻，裡面記的倒不像日記，就是些當天要做的事，五年份的日記本厚歸厚，但裡面也就寫了些平日的出差地點和會議名稱，假日的町內會掃除、高爾夫球練習或掃墓等瑣事。

沒什麼意思，正要放回抽屜的那一刻，寫在某一頁上的一句話讓一心的手停頓了。

好寂寞。

那裡這樣寫著。

下一頁的週一到週五，每一天最後都列著一句「好寂寞」。假日也是，割草、和兒子傳接球，最後父親還是寫上「好寂寞」。

那是妹妹一愛去世後三個月左右的日記。一心繼續翻頁，那句話持續寫了一年多，然後在某一天突然消失了。

最後那天，父親仍舊寫下「好寂寞」這三個字，又用原子筆粗暴地劃掉。

當時，一到假日父親就會找他去玩傳接球。在國中的操場上，兩人幾乎一語不發地互相投球。

「哥哥千萬不要覺得我很可憐喔。」

即使是現在，一心也能馬上想起一愛的話。

「我這麼早就死掉，大家一定都會這麼想。可是拜託哥哥，千萬不要這麼想喔。哥哥要想，一愛是個幸福的小女孩。」

哥哥是這麼想的沒錯啊，一心心想。哥哥很想這麼想啊，一心真心地想。

「因為，我真的很幸福呀。一愛雖然這麼早就要死了，可是我真的很幸福。我才不要當可憐的小女孩呢！一愛雖然比大家都先死，可是再也沒有別的小女孩像我一樣，這麼受到爸爸媽媽和哥哥的疼愛對不對？對不對嘛？沒有像我這麼幸福的小女孩了吧？對不對嘛？對不對？哥哥！」

妹妹靜靜地在病房嚥下最後一口氣，那彷彿是剛剛才發生的事。那時，一心只是不斷喊著：「一愛！一愛！」他以為只要一直喊，妹妹就一定會回來。

一心向鈴姐吐露的，是他與小桃交往的始末。大雨傾盆那天，他原諒了從男人家回來的她，欺騙自己，然後又被辜負。

是啊，明明跟鈴姐說的是小桃的事，不知為何，這時候佔據一心內心的是妹妹一愛，是長達一年每天都在日記寫下「好寂寞」的父親。

無論如何，一心在鈴姐面前哭了。和小學五年級失去妹妹的自己一樣，雖然丟臉，還是在鈴姐面前哭到抽噎。

一回神，鈴姐將手放在一心的心口。她先雙手互搓，搓熱了才使勁按下。

「這裡啊，有個叫作膻中的穴道，寂寞難當的時候，就這樣按住這裡。」

一心隔著T恤感覺到鈴姐溫暖的手心。鈴姐的中指用力按住胸口。

「來，慢慢呼吸。」

一心照著鈴姐說的，做了深呼吸。鈴姐白皙的手隨著自己的胸口上下起伏。感覺好不可思議。鈴姐的體溫透過手心傳進來，緩緩在體內運行。首先，呼吸平順下來了，然後鈴姐的聲音和自己的聲音變清楚了。

「你自己試試看。首先要搓熱，熱了之後，用自己的手指慢慢按這裡。」

鈴姐拉著一心的手，把他的手指放在胸口正中央。就是讓手指從喉嚨沿胸骨往下滑，有一個地方好像會把手指頭吸進去，那裡就是膻中穴。

按住那裡，心情真的就平靜了。也有餘力擦眼淚了。抬起頭，鈴姐點頭對他說：

「已經沒事了，阿一已經沒事了。」

按著膻中穴，一心這才發現一件事。原來失去一愛之後，自己一直很寂寞。一直不知道這個穴道在哪裡，一直假裝沒有發現自己的寂寞。

話說回來，五十多年前，鈴姐若是在奧斯卡金像獎頒獎典禮上得到最佳女主角獎，她準備在那個盛大的舞台上發表的感言講稿裡面寫了什麼，是昌子姐告訴一心的。當然昌子姐也沒實際看過，是從鈴姐那裡聽來幾句話想像的。

昌子姐說，那篇得獎感言先感謝美國影藝學院接納她這個日本人，然後提到一名女性。

寫在得獎感言講稿裡的，是鈴姐的兒時好友佳乃子。一心曾聽鈴姐提過這名女性。就是和作曲家今井夫婦一起打完麻將，他們帶他去附近的壽司店吃完飯各自回家，鈴姐因為喝了日本酒有點醉了，挽著他的手走在夜路裡的那次。

那是他和小桃進行得很順利，對於自己手握幸福有點難以置信的時候。

「鈴姐一定從小就是大家仰慕的對象吧？」

在路上一心這樣問，於是鈴姐說起了這位佳乃子。

她說，她有個好友名叫佳乃子，其實她才是男生們仰慕的對象，而不是自己。

鈴姐還說「我連她的腳趾頭都比不上」，以及，她或許過了其實是佳乃子應該過的人生。

仔細想想，鈴姐向同鄉的一心提起長崎，只有在第一次跟去遛圓圓，以及那一晚而已。

皇居四周有介紹全日本四十七都道府縣之花的地磚，長崎縣縣花雲仙杜鵑位在櫻田門的警視廳附近。那天鈴姐說要散步到長崎（櫻田門），一心便告訴她自己也來自長崎，因為他知道鈴姐是長崎人。

鈴姐說：「哦，是嗎？你也是長崎人啊……」彷彿十分懷念過去，但之後鈴姐就沒有再提過長崎了。

不僅是對一心如此，鈴姐也不會在公開場合談長崎。不過，個人經歷上明載著她來自長崎，所以也不是刻意保密。

過去的資料並不是沒有寫到她的出身，但就和當時絕大多數電影明星一樣，那樣的資料為數不多。

只有一次，她曾毫不避諱地談到她出道前的事情。

那是NHK為戰後四十年所製作的訪談節目，前總理大臣、汽車公司會長、前巨人棒球隊教練、知名小說家，以及她，和樂京子，五位來賓分五週登場，當時極為轟動。

不同於那些男子一臉凝重地談自己的戰爭體驗，作為唯一的女性來賓，和樂京子笑盈盈地談起自己的出身經歷與出道前的生活。

「我家是三兄妹。您也知道，當時家家戶戶都生很多孩子，所以我家算是少的。再加上，我上面兩個哥哥身體都不好，很早就過世了。」

「幾歲過世的？」

「大哥是三歲，二哥聽說是出生不久就沒了……所以，我等於是獨生女，愛怎麼任性就怎麼任性。以至於到了這把年紀，有些地方還是很像孩子王，到現在都覺得很難為情呢。」

主持訪問的是ＮＨＫ的資深女主播，也不知是因為她沉靜的聲調，還是和樂京子輕柔的笑聲，訪談自始至終，都有如悅耳的音樂。

和樂京子家人的運不太好。兩個哥哥年幼夭折，經營玻璃買賣的父親也在她十一歲時死於肺炎，之後母女倆相依為命，靠著母親娘家的援助才熬過戰時與戰後的日子。

和樂京子便是在這個節目中，始料未及地說起那個夏日發生的事。

那多半是在排演時沒有提到的，當和樂京子突然開始說的時候，畫面拍到主持人相當驚慌的表情。

那個夏日，指的是一九四五年八月九日。

不需細想，既然鈴姐是在長崎迎來了終戰，那麼原子彈落下的那一天，她當然在那裡，看到了那個地獄。

一心的祖父母也是原爆受害者。只是，他們雖然同樣是在長崎市，卻不在爆炸中心一帶，因此沒有直接受害，一心也沒有聽祖父母提過那天。

話雖如此，每年一到夏天，學校就會仔細教導一心這些孩子，那個夏日這地方發生了什麼事。

獨腳鳥居也好，《那個孩子》這首悲歌也好，半毀的聖母像也好，焦土中的少年的照片也好，這些發生在那個夏日的事，長崎的孩子以為是常識，東京和其他地方卻都沒有教，一心在來到東京後曾為此大感吃驚。

在長崎，夏天就是原爆的季節。所有人被叫到沒有空調也沒有風、悶熱得像三溫暖的體育館裡，聽原爆體驗者演講，那些悶熱不適與汗臭味合而為一，深深刻印在一心他們的記憶中。

「我有一個很要好的朋友。」

以這樣的開頭說起那個夏日時，和樂京子的神情是一心所熟悉的鈴姐，看起來像把圓圓抱在膝頭那樣放鬆。

「她叫作佳乃子，我們住得很近，像姊妹一樣形影不離。佳乃子從小就可愛極了，是出了名的美人，真的有人大老遠從別的地方特地跑來看她。」

「哎呀，她身邊的人可是和樂女士呢。」

「我算什麼，老是和男孩子追趕跑跳弄得一身是泥，比都不能比。她真的是大美人，同樣的髮夾，她夾起來就是比較好看。所以小時候我大概有點嫉妒她吧，不過，她還是對我很好。」

鈴姐喝了一口茶，說起那個夏日的事。

「那時候，佳乃子已經確定畢業之後就去國鐵工作。其實我也學她一起去參加考試，可是呢，我腦筋不好，她考上而我落榜了……那天，我們兩個人去看她以後要搬進去住的國鐵宿舍。那宿舍在長崎一個叫大黑町的地方，現在想起來，距離原爆中心地二點五公里。我記得那時候空襲警報解除了，我們兩個正從外面看宿舍，住在那裡的一位前輩女車掌還招呼我們說：『妳們進來看看再走吧。』事情就發生在我們要進去的時候，還在想著有個好大的東西，真的就像花盆那麼大，從天上掉下來，光一閃，漆黑的煙就在眼前噴發出來。」

鈴姐說到這裡又伸手去拿茶几上的茶，但拿著茶杯的手微微顫抖，於是，她把拿起的茶杯放回茶托。

「緊接著，我覺得腰部劇痛。我完全不知道自己怎麼了，是倒在地上呢，還是飄在半空中，還是被什麼壓扁了。總之就是腰好痛好痛。這時候，我聽到有人喊：『阿鈴！阿鈴！』是佳乃子在叫我。……除了她的聲音，我真的什麼都聽不到，就好像所有聲響都從這個世界上消失了。」

下一瞬間，據說佳乃子用力拉著鈴姐從那裡逃出去。之所以是據說，是因為鈴姐完全沒有接下來幾個小時的記憶。

「後來我才聽說，我們所在的地方因為山坡傾斜的角度，很幸運地沒有直接受害，可是很快就發生火災了。所以應該是佳乃子拉著我跑過大火。那時候我們連發生了什麼事都不知道，只以為大概是有炸彈掉在附近，先遠遠躲開再說，可是不管我們怎麼跑……不管怎麼跑……」

鈴姐這時候又調整了坐姿。只見她祈禱般雙手合十，指尖抵著紅色的嘴唇。

比起向神祈禱，更像是年幼的女童在害怕。

「我呀，直到今天仍常常在想，我是不是真的看到了？那時候的地獄我應該全都看到了，但因為實在太可怕就決定當作沒有看到嗎？是我的心自己做的決定嗎？然而，後來無論怎麼回想，真的一點記憶也沒有，只記得佳乃子用力拉著我跑……」

接下來是一段相當長的沉默，就電視的訪談節目而言長得異常，照理說是要剪掉的，但訪問者靜待她接下來的發言，沒有催促。

「我想是在逃跑途中吧，我只記得一個很清晰的光景。大概是跑不動了，在某個地方休息，我們在一間燒毀的不知是大樓還是民房裡面，從那裡往外看。我們在的地方暗得像是晚上，外面卻亮得像另一個世界。」

「另一個世界？」

「對，另一個世界……在那明亮的日光裡，夾竹桃盛開著。我覺得我們好像看那些花看了好久。」

「那天長崎確實是放晴的夏日……」

「是啊，蟬鳴聲大得耳朵都會痛。不過，也不知道那時有沒有蟬，我記得我只聽得到旁邊佳乃子的聲音。其實，我是在戰後出來演戲以後，才記起那開在令人睜不開眼的日光裡的夾竹桃。那是我頭一次在片場看彩色電影的時候，那時我們稱之為全彩。」

「是在彩色電影普及之前嗎？」

「嗯，我想應該是。」

「那是哪一部電影，您還記得嗎？」

「當然記得，是《亂世佳人》。我是在片場黑漆漆的試映室裡看那部電影的。平常都是黑白影片的銀幕上竟然有顏色！我們嘴巴都闔不起來，太震撼了……不過，就在那時我突然想起那天，我們從陰暗的地方望著明亮的地方，那裡有夾竹桃花……」

和樂京子的話，自此像斷了線般遠離了那個夏日。訪問者試圖將話題拉回來，但她已經不願重提了。

接下來，她回憶起充滿活力的電影黃金時期的片場，照著排演的腳本介紹了她的代表作，然後是那些電影的幕後祕辛，以及導演、演員之間不為人知的小故事。

鈴姐難得打了電話過來。

「阿一，要不要去約會？」

對於鈴姐這企圖惡作劇似的邀約，一心想也不想便答：「樂意之至。」

澀谷的電影院推出「和樂京子特展」，她的眾多名作每天輪番上映。一心也知道這個展，但因為他幾乎都看過了，便沒有去查詳細的時間表。

他照約定按時去接人時，鈴姐已經在她叫的計程車上，搽了和平常不同的香水。

「我好久沒去電影院了，忍不住七早八早就叫了車。」

計程車司機看來也是熟人，隔著照後鏡露出笑容：「在出發之前能夠和您聊聊是我的榮幸。」

駛出華廈的車立刻便來到環繞皇居的內堀通。殘暑依然威力十足，但落在皇居森林的日光看來似乎柔和了些許。

「對了，這是第一次和阿一一起看電影喔。」

鈴姐並沒有靠著椅背，而是像坐雲霄飛車般抓著座椅的握把。但或許因為脊樑挺得筆直，普普通通的個人計程車讓人有坐馬車的錯覺。

當車從三宅坂駛入青山通，日光從鈴姐那邊照進來。鈴姐為了躲避強烈的日光而移動身體，靠著一心。一心伸手扶著鈴姐，免得她搖晃。

「每次去電影院看自己的電影，都會覺得搞不好是最後一次可以在大銀幕看了。」

「還是不一樣喔，跟在電視上看。」

「當然不一樣啦。因為我們的演技就是為了在大銀幕上看起來好看呀。站在容納上千觀眾的大劇院舞台和站在小表演廳，演法一定會不同的，不是哪個好哪個不好的問題。這也是同樣的道理。」

「有哪些不同？」

「呼吸不同，我是這麼認為。銀幕和劇場愈大，呼吸就愈要自然。這一點我會特別注意。」

「這個，我之前聽昌子姐說過。她說好的女演員會用呼吸來演戲。」

「哎喲，那是我以前常跟昌子說的，原來她還記得呀。」

「鈴姐說過的話，昌子姐一定都記得。」

一心這麼說，心裡想著自己八成也一樣。

「對了，聽說奧斯卡金像獎的得獎感言裡提到鈴姐的朋友。」

因為提到昌子，一心便試著問。鈴姐一如往常般嘆了聲：「昌子真是大嘴巴。」

但並沒有厭惡之色。

「對呀。要是得獎，本來是想在那個舞台上提到她的，我的好朋友。」

但，鈴姐並沒有繼續這個話題。

計程車正好抵達電影院。劇場的下客區上《洲崎鬥牛》、《竹取物語》、《櫻花、櫻花》、《雷雨三味線》的海報一字排開，簡直像當時的和樂京子們走在紅地毯上。

ミス・サンシャイン

光與影

在長崎長大的孩子，從小就會被教導關於原爆的種種。來到東京之後，得知這並非全國一致，一心很驚訝，也有點害怕。

話是這麼說，但當他看到和樂京子討厭「陽光小姐」這個稱號的報導時，並沒有多想，只覺得也許這個聽起來有點少根筋的稱號不合她的品味而已。

一心對鈴姐的好友林佳乃子有了深入的認識時，他在鈴姐家的整理工作已接近尾聲。

這件事，緣自於某個巧合。

一心回長崎參加高中朋友的婚禮。那時候，在同學齊聚的續攤場合上，一心正在那位和樂京子家幫忙整理東西這件事引起了熱烈的話題。一心拿出合照，同學們都很羨慕。

「說到和樂京子，我一個遠親阿姨的媽媽，好像跟那位和樂京子是好朋友。」

跑來跟一心說這句話的，是姓遠藤的同學，高中時兩人並沒有什麼交集。

自己的親戚認識名人這種事到處都有。一開始一心也打算聽聽就好，但他說的不是「認識」而是「好朋友」，這個詞勾起了他的好奇。

「那位阿姨姓什麼？」一心問。
「現在姓飯野，本來是姓林。」遠藤說。
「林？」
一心立刻想起林佳乃子這個名字，回過神時，上身已經探到桌子上。
「是不是叫作林佳乃子？」
「阿姨的名字？壽子阿姨。」
「不是，那位阿姨的媽媽叫什麼名字？」
「這，我哪知道。」
一心急著問歪著頭的遠藤：「是不是叫林佳乃子？」
「我不知道啊。要不要我幫你問？」
「拜託了。」
一心也不知道自己為什麼這麼激動。但，萬一那個人就是林佳乃子，他一定要去認識她——這個念頭驅使著他。
所幸，遠藤滿足了性急的一心。當場聯絡的結果，得知那位阿姨的母親果然就是林佳乃子。

心急的一心進一步拜託遠藤幫忙問這次回鄉期間能不能見面。對方似乎對這個突然的請求相當驚訝，但基於遠藤稍微誇張地幫忙解釋了一心和和樂京子的關係，結果答應讓一心來訪。

兩天後，一心造訪了一棟位於市內的老公寓。那個地區還殘存著幾棟頗有歷史的洋房，從公寓的陽台可以將陽光下的長崎港一覽無遺。

迎接他的女性感覺很文靜。這位本姓林的壽子阿姨，母親正是林佳乃子。

「你在東京和鈴姐很熟呀？」

啊，她也是這樣喊鈴姐啊，不知為何一心感到高興。

「是的，她請我幫忙整理過去的資料。」

「哦，是嗎？那一定很辛苦吧。畢竟是研究生做的研究，一定很專業。」

壽子似乎誤會了一心的工作，但一心故意不解釋。

她住的公寓裡有間和室，和室角落擺著簡樸的茶道用具。不知為何，唯有那裡看起來像是別人的家。

「一直到現在，每逢母親的忌日，鈴姐都一定會打電話來，說：『壽子呀，妳媽媽走了幾年了呀？好寂寞啊。』每年都會打，明明我母親都過世五十多年了。」

五十年的歲月，一心無法想像。但他忽然想起鈴姐說起十多年前在庭院的梅樹上壓條的那個時候。

鈴姐把十年前的事說得像昨天發生的一樣。那麼，對鈴姐而言，佳乃子離世也是不久之前的事了。

「鈴姐在電話裡是說長崎腔吧？」一心問。

「對呀，打電話給我的時候都是長崎腔。你知道，我幾乎沒有關於母親的記憶。所以對我來說，鈴姐告訴我有關我母親生前的事，就是我對母親僅有的回憶。」

仔細想想，一心從來沒聽過鈴姐說長崎腔。這種女性說起來有點嬌嬌的口音，一心很想聽鈴姐說說看。

「你看，這些啊，是以前鈴姐寄給我的照片。」

壽子給他看的照片，上面是才十歲左右的佳乃子和鈴姐。

「這是特地找家附近的照相館拍的。她們長得很像吧？簡直就像雙胞胎姊妹對不對？拍照的時候，相館的攝影師說的。你看，她們兩個下巴抬得老高，她們的手，你看看，握得真緊。」

正如壽子所說，兩人怎麼看都像雙胞胎，緊緊交握的手，看起來好像用力得會痛。

「她們一定很要好。」

「兩人都是美人呢。」

「對了，之前鈴姐說過，其實佳乃子女士才是大家仰慕的對象。她只是愛出風頭，但佳乃子女士跟她不一樣，是真正的美人，對大家都很好，又優雅，還說自己連腳趾頭都比不上。鈴姐說，現在有時候還是會想，自己會不會是過了佳乃子女士應該過的人生。」

一心說到這裡，壽子不知為何顯得非常驚訝。

「你知道鈴姐是怎麼出道的嗎？」

聽壽子這麼問，一心答道：「知道。」

「進駐軍裡有個日裔攝影師。」

「詹姆斯・野田先生對吧？」

「對對對，詹姆斯先生……其實啊，那位詹姆斯先生一開始找的不是鈴姐，是我媽媽。」

「咦？」

壽子說，詹姆斯．野田這位日裔軍方攝影師在原爆次年來長崎拍照，見到當時幫忙重建教會的林佳乃子，對她的美驚為天人。

他拜託佳乃子換個地方讓他拍照，但她害羞，遲遲不肯答應。這時一同在場的正是鈴姐，她說：「我陪妳去，一定要請他拍。」推了佳乃子一把。

詹姆斯．野田以為兩人是姊妹。他先在重建中的教會四周為兩人拍照，之後佳乃子稍微放下戒心，便又去了她家，請兩人換上浴衣，一直拍到天黑。

壽子說到這裡，略略嘆了一口氣。

「後來過了一陣子，已經回東京的那位詹姆斯先生又來聯絡，說想把我媽媽介紹給電影公司的人，可是當時我媽媽和我爸爸的婚事已經定了。我想，她沒有心思去東京當女明星。不過，以前爸爸喝醉的時候曾經跟我說過，其實我媽大概是有一點點興趣的。」

據壽子的父親說，當然不是佳乃子自己說有那個意願，不過，在提到開始嶄露頭角的鈴姐時，看起來好像曾經有過那個意思的樣子。

鈴姐走紅，佳乃子是真的很高興，也由衷支持她。

只是，後來事情是如何演變，以至於是鈴姐而不是佳乃子去當女明星，其中的詳情就不得而知了。多半是詹姆斯・野田被佳乃子拒絕，轉而向電影公司介紹鈴姐吧。

於是鈴姐前往東京。獨自一人懷抱著離開故鄉的寂寞與不安，絲毫不知道在前方等著她的，是如此輝煌的明星人生。

和樂京子出道時的經歷中有一段空白。

那個時代，不像現在是以平民氣質的女演員佔優勢，當時的電影明星是神祕高貴、被神化的存在，電影公司和演藝媒體也都依照這個策略來打造女演員。因而，明星的經歷沒有全數曝光於世人面前並不是什麼奇怪的事。

現在，坊間流通的她的經歷中，和樂京子經由詹姆斯・野田的推薦而成為日映旗下的演員，進入日映後很快便以成田三善導演的《梅與女》出道。

但實際上這當中有一年左右的空白。

其實，這段期間和樂京子病了。

她離鄉的時候，只有母親和林佳乃子兩人到長崎車站送她。

那個年代，她們投靠的母親娘家，認為年輕女孩離鄉背景便是丟臉，除非出嫁。更何況是去東京幹演電影這種不三不四的事，簡直有辱門楣，因此，和樂京子踏上旅途時已形同被斷絕了親戚關係。

後來她是這麼說的——

就算在東京無法成功也不回去，我下定決心才去東京的。

有了這一段原委，她母親來送行的時候放聲大哭，好像此去就是永別。朝著緩緩遠去的火車揮著手不肯放下，一直到火車都看不見了，還在那裡待了好久都動不了。

安慰如此傷心的和樂京子的母親的人，便是佳乃子。

想到她突然變成孤身一人一定很寂寞，佳乃子每天都去看她，代替遠走他鄉的獨生女陪她說說話，甚至應邀直接留宿。

當時，和樂京子寄了許多封信向佳乃子道謝。信中感謝她照顧母親，也描述了東京五光十色的生活。

佳乃子非常珍惜隨信一起寄來的生活照。為了保護照片還貼在堅韌的和紙上，甚至製作了專用的相簿。

東京寄來的，除了和樂京子參加日映試鏡的形象照、宣傳海報，還有和詹姆斯・野田和進駐軍的打字小姐琳達等人在銀座的爵士俱樂部和鎌倉海邊出遊時，簡直能聽見歡笑聲的照片。

但有一天，電影公司拍來一通電報。

內容是：和樂京子病了。這短短一句話令人感受到病情的危急。和樂京子的母親當然無論如何都打算為了生病的女兒前往東京，但她這輩子從未踏出長崎一步，也沒有可以陪她同行的親戚。

於是佳乃子在已經成婚的丈夫的鼓勵下，代替和樂京子之母前往東京。

但佳乃子也是有生以來首次出遠門，據說她還將和樂京子母親寄放的錢縫在和服的內襯裡。

到了東京，等著佳乃子的是被趕出電影公司宿舍、躺在違章建築般的長屋裡病骨支離的和樂京子。

和樂京子究竟罹患了什麼病至今未明，但那是戰後沒多久、「原子彈有毒」這句話仍在流傳的時期。日映的員工和進駐軍的朋友們當然有心幫她，卻也害怕她可能得了原爆症這個世人不了解的病，為保全自己和家人與她保持距離。

在這當中，來到東京的佳乃子一直奮不顧身地照顧和樂京子。

「佳乃子，妳來了啊。謝謝妳……我把自己搞成了這個樣子。」

和樂京子凹陷的眼中流出了淚，握住佳乃子的手。

佳乃子回握她的手，鼓勵她：「阿鈴，已經沒事了。我會一直陪在妳身邊的。」

後來，佳乃子常不勝懷念地說起在東京的破屋裡與和樂京子相依為命的日子。兩個不安的女人生活在陌生的土地上，其中一個得了重病。這樣的日子不可能多愉快，她卻說那是她人生最快樂的日子。

順帶一提，佳乃子在東京停留了三個月之久。

佳乃子來東京的時候，和樂京子的病情連醫生都束手無策，但或許是佳乃子奮不顧身地照顧，也或許是詹姆斯・野田等人雖然沒有勇氣去探病，仍提供進駐軍的藥材、食材的好意，和樂京子奇蹟般漸漸恢復了體力。

「我剛到東京那時候，阿鈴連如廁都有問題。」

事後，佳乃子如此回顧當年的情形。

「但是，慢慢地她能抓著我的肩坐起來，接著能自己吃粥，每天都進步一點點。我們會互相打氣：『看，今天有這些進步，明天一定又會更進步。』」

和樂京子的身體康復了，一直遠遠地擔心她的電影公司的人便來關切狀況。這當中，有人看上佳乃子的美也不足為奇。其實，佳乃子也在電影公司的相勸下參加了試鏡。

當時已婚的佳乃子只怕無心於明星之路。然而，未曾經歷過的浮華世界肯定也吸引了她的目光。

實際上，佳乃子停留在東京的時間延長到三個月也是因為這個緣故。

當時在背後鼓勵她參加日映試鏡的，正是和樂京子。只要想想她們之間的信賴關係，便不難想像她們夢想著兩人一起當明星。

當時留下了一張照片，證明後來佳乃子說當年是人生最快樂的日子並不誇張。

那是佳乃子即將回長崎時，與康復的和樂京子一同在東京觀光的照片，多半是出自詹姆斯・野田之手，照片裡的佳乃子站在重建中塵埃漫天的銀座大道上，雖然羞澀卻彷彿知道這是她人生最美好的一天般綻放著光芒。

看著這張照片裡的她，無法不去想像若是她當了演員，將走上多麼輝煌燦爛的女明星人生。當然她飾演的角色會與和樂京子截然不同，或許在命運的捉弄下，和樂京子這位女星可能會被她的光芒遮蔽。

只是，命運還是眷顧了和樂京子。

從東京回到長崎的佳乃子有了喜事。她與最愛的丈夫有了孩子。佳乃子夫婦將健康出生的女嬰取名為「壽子」。

佳乃子寄了好幾張壽子剛出生的照片給和樂京子，和樂京子則為沒有母乳的佳乃子寄去許多進駐軍私下轉賣的奶粉。

奶粉沒有白寄，壽子順利成長。但幸福並沒有持續多久，佳乃子病了。

得知佳乃子的病情，和樂京子寄了道歉信，說肯定是自己的病傳染給佳乃子了。但佳乃子的病情與查不出病因的和樂京子不同，是千真萬確的原爆症。

「在東京的時候，阿鈴病情好轉了，詹姆斯先生就帶我們去好多地方。」

身體狀況一變差，佳乃子便會說起東京的回憶。其中她再三提起這麼一件事。

那是詹姆斯．野田找佳乃子和和樂京子去鎌倉兜風的時候，長谷寺的繡球花開得正美，一群當地孩童圍住載她們來的新型吉普車。

詹姆斯帶佳乃子她們去的，是離長谷寺很近的一處氣派的宅邸，梅雨季節放晴的空檔，精緻的日本庭園閃閃發亮。

這座庭園深處有一間氣派的茶室，受邀而來的客人在茶室外的苔蘚庭院裡愉快地交談。

「我們又沒有參加過茶會。」

詹姆斯硬推著膽怯的佳乃子她們，走向茶室。

「看旁邊的人怎麼做，我們照做就是了。」

佳乃子與和樂京子互相打氣著進了茶室，裡面客人已經以主人為中心一字排開地坐好了。

拘謹地在末席正座的佳乃子吃了一驚，忍不住碰了一下旁邊和樂京子的膝蓋。

因為，她們對面竟然坐著那位傳說中的女演員——原節子。

佳乃子她們硬生生憋住差點脫口而出的驚呼。明知盯著人看很失禮，卻情不自禁被她的美所吸引，視線離不開她雪白的肌膚。

佳乃子她們愈來愈緊張，端起傳過來的茶碗時手都發抖了。

就在這時候——

一隻小小的瓢蟲停在茶席主人粗粗的眉毛上。一臉嚴肅的主人一度伸手去趕，但那隻瓢蟲卻只是在眉毛上稍稍往上爬，就此停住不動。

主人以為蟲子已經飛走，回頭待客。

愈想忍住笑的時候，偏偏就愈想笑。在佳乃子旁邊的和樂京子也捏著自己的大腿叫自己不要笑。雖然很想轉頭去看，但這時候要是四目交接，她們兩個肯定會忍不住笑出來，只能雙雙裝作不知情，卻又因為彼此的故作姿態更想笑。

「阿鈴妳真是的！」佳乃子忍不住小聲勸道。

但她的聲音已經帶著笑意。

附近的客人瞪過來，佳乃子咬唇忍住笑。就在這時候她們感覺到視線，抬起發熱的臉，只見那位原節子也一樣忍著笑看著佳乃子她們這邊。

原節子咬著她豐滿的嘴唇，以眼睛向佳乃子她們示意：「不可以笑喔。」

但，她的眼睛也在笑。佳乃子她們以「是，我們不笑」的神情點點頭，彼此交換的視線卻都笑得像在榻榻米上打滾。

聽到和樂京子在出道作《梅與女》中飾演的那位僧侶楚楚可憐的妹妹，其實是電影公司為佳乃子準備的角色後，才會明白為何總感覺角色安排有些奇怪了。

日映多半料到已婚的佳乃子不可能重回東京演戲，但顯然一直到最後，都還是期待她能來演這個角色。

但佳乃子罹患了原爆症，沒有人等到那一天。

另一方面，和樂京子開始走紅。以《梅與女》躍上大銀幕之後，談定了一部又一部電影。

那個時代需要「女人」，和樂京子身上大無謂的性感，正是當時需要的「女人」。

靠著幾個令人印象深刻的角色獲得注目的和樂京子，在拍攝後來的代表作之一《洲崎鬥牛》前夕回了長崎一趟。

那次短暫的回鄉是為了探望狀況不佳的佳乃子，和樂京子在那期間一直住在佳乃子住院的大學醫院病房裡。

「當時大學醫院還有和室病房。不過，和室聽起來好聽，說穿了就是像大通鋪一樣的地方。聽說是在鋪了老榻榻米的大房間裡，鋪上整排薄薄的鋪蓋。」

當時的事，佳乃子的女兒壽子都是聽已故的父親說的。

「那時候，媽媽的頭髮已經變得很少了，她要來探望的鈴姐讓她梳頭。」

和樂京子默默地讓佳乃子梳自己的頭髮。

壽子說，佳乃子小時候有段時間常說，長大以後要當藝妓的梳頭師傅。

這時候，佳乃子拜託和樂京子帶她半夜偷溜出醫院。從早到晚一直待在人多的病房讓人無法喘息，她想去開闊的地方。

於是和樂京子帶佳乃子去了長崎港。半夜裡，她們手牽著手走到埠頭的盡頭，兩人吸飽了海風。

「阿鈴，我啊，好想放開喉嚨大喊。」佳乃子不甘地輕聲這麼說。

海風打在兩人臉上。

「喊吧，佳乃子。」和樂京子用力握住她的手。

「有什麼想說的，就朝大海喊吧！」和樂京子說。

包住佳乃子稀薄頭髮的絲巾隨著海風飛舞。

佳乃子點頭「嗯」了一聲，大喊：「還來——」

「還來——還來——還來——」一聲、一聲，又一聲。

喊到最後不成聲。

旁邊的和樂京子也跟著一起喊。代替喊啞了的佳乃子，從丹田喊出來：

「還來！還來！還來！還來——」

回東京之後，和樂京子飾演風塵女子的《洲崎鬥牛》空前賣座。追著搶了錢的男人，大喊：「還來！還來——」半裸著身子跑在洲崎天堂的大馬路上。她的身影成為時代的象徵，憑實力以「戰後派女演員」一步步成為頂尖女星。

其後與大師們的合作一部接著一部，展開一帆風順的演藝人生，因《竹取物語》受邀參加坎城影展、榮獲最佳女主角獎的新聞，令戰後日本的氣氛為之一新。

與此同時，佳乃子卻因原爆症罹患了白血病。
即使如此，她仍由衷為和樂京子的活躍加油，只要身體狀況許可，和樂京子的電影上映首日她必定前往電影院報到；凡是刊載了和樂京子的寫真特輯與報導的雜誌，佳乃子寧可縮減伙食費也要買。
佳乃子將當時的照片和報導剪貼成好幾本相簿，至今仍留在女兒壽子手邊。

幸福的人

和樂京子在決定去好萊塢後與佳乃子兩人說了些什麼，沒有人知道。不需細想便可知，對佳乃子而言，美國這個國家從某種意義上，奪走了自己的人生。

以現代人的眼光來看，佳乃子定會心生怨恨，但一如先前提及，她們與那可恨敵國的士兵詹姆斯等人，卻毫無芥蒂地親近友好。

要解釋成這是進駐軍周詳的佔領計畫很簡單，但或許這時候，日本這個國家遺失了某個重要的東西。

遠渡好萊塢的和樂京子頻繁地寄航空信給佳乃子。病情日益嚴重的佳乃子愈來愈少回信，但描寫了好萊塢生活的照片與信，仍不斷寄到病重的她身邊，鼓勵著她。

與好萊塢大型電影公司美國影業簽下專屬合約的和樂京子，赴美不久便演出了《感覺真好》這部歌舞電影。作品本身並不賣座，但和樂京子以她的歌聲和俏皮的笑容給所有美國人留下了好印象。

更在拍攝《櫻花、櫻花》這部後來大獲美國奧斯卡金像獎好評的電影的同時，屢次上電視節目，以她的歌聲以及帶有日本腔的可愛英語，一步步贏得全美觀眾的喜愛。

此時，寄給佳乃子的航空信中，和樂京子幾度表露了對「陽光小姐」這個自己在好萊塢的稱號的厭惡。

她在公開場合不會多談，但這個乍聽之下十分可愛的稱號背後，卻聽得出美國社會對她這個原爆倖存者的揶揄。

事實上，當時美國發行的保守派新聞和雜誌，針對日漸走紅的和樂京子發表了許多毒辣的報導，並大言不慚地宣傳美國社會爽快接納了她這樣一個人，是多麼寬容慈悲。

下段文字，摘自當時和樂京子寄給佳乃子的信。

上次，上電視節目的時候，發生了這樣的事。

「我們很榮幸能邀請她來上這個節目，這就請她出場，陽光小姐！」一個有名的主持人喊我上台，還像遇到傳染病患者般退後一步。這種事完全打擊不了我，但實在令人厭煩。我好不甘心，差點就掉眼淚了。

現場觀眾好像也一下就明白了那個動作是什麼意思，都笑了。我真的好不甘心。

所以，我就拿出至今最好的表現唱給他們聽，因為我太不甘心了。

所以我決定了，我不會逃避「陽光小姐」這個稱號。這就是我，我要抬頭挺胸地活著。

赴美的和樂京子過著這般榮耀與失意的日子時，在長崎的佳乃子病情日漸惡化。即使如此，佳乃子還是繼續蒐集和樂京子在美國活躍的新聞報導，細心做成剪報。只是，這些剪報裡燦爛的「陽光小姐」一詞都被塗黑，無一遺漏。佳乃子以她自己的方式，努力撫慰和樂京子的不甘。

其實這個時候，和樂京子之所以寧願嚴重違反與電影公司的合約也要回日本，正是為了與死期將近的佳乃子見最後一面。

她當然曾試圖說服電影公司。但下一部作品有許多好萊塢明星參與演出，要改變既定檔期會產生龐大的違約金。

電影公司怕她逃走，幾乎軟禁她，而為她做好回國準備、偷偷送她去機場的，似乎是當時與她交往的當紅明星理查・克羅斯。

和樂京子回國後沒有在東京停留，而是直接跳上前往長崎的夜車。佳乃子的病情刻不容緩。

此時的和樂京子覺得長崎有多遠呢？以電影明星為目標前往東京，而後在好萊塢大放異彩的她，覺得故鄉長崎有多遠？

對她回鄉最為驚訝的，莫過於照顧佳乃子的丈夫。

雖然接獲電報通知，但佳乃子的丈夫不認為她會不顧一切，拋下在好萊塢的成就回來，並沒有當真，反而正為兀自以微弱的聲音說著「阿鈴一定會來」的佳乃子心疼。

所幸，和樂京子趕上佳乃子的最後一刻。

據說當時狀況已經相當危急，但最後兩人還奇蹟般地能夠交談。女兒壽子從父親那裡得知了當時的詳情。

「阿鈴，妳在美國好努力呀，我好高興。」

佳乃子流下眼淚。

「阿鈴是我引以為傲的朋友，我好想站起來抱抱這麼努力的妳，可惜我已經站不起來了。對不起呀，阿鈴。」她說。

和樂京子不斷摩挲著佳乃子變得纖細不堪的手，彷彿這樣就能減輕她的痛楚，片刻不停歇地摩挲著。

「佳乃子，我會一直陪在妳身邊。」

和樂京子這麼說。這是她自己病倒時，趕到東京的佳乃子對她說的話。

病情惡化的佳乃子雖已轉移到個人病房，但和樂京子來探病的消息立刻傳遍了整間大學醫院。

閒著沒事的患者就不用說了，連醫師護士都聚集在走廊，想看如今已是國際巨星的她一眼，有人把耳朵貼在門上，甚至有人不客氣地試圖打開窗戶。

「阿鈴，妳要一直記得我喔。」佳乃子說著握住她的手。

「我怎麼可能會忘記佳乃子呢。」

「我才二十八歲呢。這麼早就死了，大家一定會覺得我很可憐吧。」

「佳乃子……」

「可是，阿鈴，妳別這麼想喔。妳要想，我的人生很幸福。我又不是生來當原爆倖存者的，對吧？」

「對啊，妳說的沒錯，佳乃子。妳有體貼的丈夫，還有壽子這個天使。」
「可不是嗎，可不是嗎……阿鈴最懂我了，我很幸福，對不對？妳懂的吧？我們兩個在東京也好開心啊。」
「嗯，好開心。」
「詹姆斯先生帶我們去了好多地方，還見到原節子呢。」
「就是啊，節子小姐好美呀。」
「人生能擁有這麼快樂的人可不多呢，我真的好幸運。沒有人像我這麼幸福了……對吧？阿鈴，妳說是不是？」

聽壽子描述當時的情形時，一心好不容易才壓抑住心頭的顫動。他一再悄悄地深呼吸，才總算沒有從現場逃走。

一心腦海裡重現的是妹妹一愛，是一愛在病房裡靜靜呼出最後一口氣的模樣。自己叫著：「一愛！一愛！」彷彿認為只要不斷呼喊妹妹就會復活。失去了她的日子裡，與父親默默無言地傳接球。父親在日記裡留下的那些「好寂寞」的文字。

尤其，一愛哭著懇求「千萬不要覺得我很可憐喔」這個最後的願望，從自己的人生流溢而出。

我這麼早就死掉，大家一定都會這麼想，可是拜託哥哥，千萬不要這麼想喔。

哥哥要想，一愛是個幸福的小女孩。

因為，我真的很幸福呀。一愛雖然這麼早就要死了，雖然比大家都先死，可是再也沒有別的小女孩像我一樣，這麼受到爸爸媽媽和哥哥的疼愛了，對不對？對吧？哥哥。

那是儘管因失戀而痛苦，依然忘不了小桃的時候。

那天晚上，一心的胸口簡直像出現了一個被大砲擊穿的大洞，再怎麼努力吸氣都無法順利呼吸。

鈴姐默默聽一心說話。一心傾訴著與小桃之間不堪回首的戀情，應該只有這樣而已。

失去一愛也好，與父親持續無言地傳接球也好，父親情不自禁寫在日記上的話也好，他都沒有告訴鈴姐。

然而此刻，他卻莫名覺得鈴姐早就知道一切。不，就是因為確確實實感受到了，鈴姐才會默默地將手放在一心的胸口。

「這裡啊，有個叫膻中的穴道。寂寞難當的時候，就這樣按住這裡。」她說。

佳乃子彷彿在等和樂京子回鄉般，隔天便靜靜地長眠了。

聽著壽子轉述她們兩人最後的交談，回過神時，一心的眼淚已經決堤。

「這是我媽媽拍的最後一張照片。」

壽子打開相簿讓他看。

照片裡是分明才二十八歲卻已髮量稀疏的佳乃子，被抱在那雙細瘦手臂裡的便是年幼的壽子。

「誇讚自己的母親好像老王賣瓜，不過，她很美吧？」

「對，真的很美。」

「我一定是像爸爸。」

笑著這麼說的壽子突然將視線落在手邊的照片上。

「紅顏薄命真是殘酷。你看，這雙眼睛是不是美得好像會把人吸進去？」

壽子說的一點也沒錯。佳乃子的表情雖然疲憊不堪，但那雙眼睛卻澄澈無比，彷彿傾盡那具孱弱軀體的一切，只求懷裡的女兒幸福。

女星和樂京子的引退，究竟配不配得上她輝煌的經歷，人們的看法或許有所分歧。邁入耳順之年後，她積極投入舞台劇擔任主演，無論哪一家大劇院都有多年戲迷支持，連日客滿。但另一方面，上電視的頻率銳減，因此在年輕一輩的印象中是過去的大明星，更缺德一點的說法則是「她還沒有引退喔？」

事實上，一心在聽五十嵐教授介紹工作機會的時候，也懷著同樣的印象。

話雖如此，這個時期，和樂京子陸續獲頒紫綬褒章和文化功勞者等獎項，臨近引退時更獲得了文化勳章的殊榮。

代表日本的大明星。

這個稱呼她當之無愧。

只是，她個人希望在引退之前，能夠再次得到一個讓她全身心投入的電影角色。

然而，她收到的戲約都是將大明星當擺設的友情演出，雖偶有主角，卻又像是找大明星來演這種角色玩玩看的，一時興起但內容空洞的劇本。和樂京子無論拿到什麼角色，只要是描寫人的真實面就會認真準備，但直到引退前的最後一刻，還是沒有收到符合期待的劇本。

這期間，她演出了一部電影。

是一位年輕越南裔美國導演拍的電影《向日葵》，故事講述一對白人夫妻因車禍失去兒子，想撫平喪子的悲傷，偶然間看到俳句，來日本尋找自己想告訴兒子的話。

雖然不是全國盛大聯映的電影，卻是精心製作的佳作。

和樂京子在片中飾演尼庵中主事的女住持，雖是接近結尾的短短幾場戲，卻是親手將梅枝遞給主角夫妻，告訴他們季節流轉盡在花色的道理，令人印象深刻。

深受梅花之美吸引，主角夫婦一時鬼迷心竅想攀折梅枝，飾演女住持的和樂京子於此時出現。

她一身尼僧裝扮，在橫跨蓮池的太鼓橋上一站，超脱俗世，不像活人，彷彿是尾形光琳畫在金屏風上的一朵燕子花。

「既然那麼喜歡，就折了帶回去吧。」

身穿紫色袈裟的她，對著那對被看穿小把戲而慌張的夫婦微笑。

繼而，對不懂日語的夫妻說：

「梅花很溫柔。你們看看它開花的樣子，是不是像完全了解父母心的孩子？」

過了太鼓橋的女住持親手折下一小段開著白梅的梅枝，說：「這孩子長得一臉聰明相。」賞玩片刻。

就結果而言，這成了和樂京子入鏡的最後一部電影。

回想起來，她是在戰後不久以《梅與女》這部電影出道，在片中展露白梅般的笑容。

想到她在這部出道作品中飾演復員返鄉的僧侶的妹妹，在她輝煌經歷的最後飾演手遞梅花的空門女尼，說刻意確實刻意，說注定也是注定。

不妨在此揭露謎底——鈴姐並沒有刻意這樣安排。這之後她仍一直在等待有意思的劇本，若是等到了應該也會演。

總之，演完這部《向日葵》三年後，她又在大賣座動畫電影《攝氏一百度的暑假》中首度挑戰配音，積極投入演藝工作。但同一年，和樂京子便以再次於新橋演舞場公演的《咱們》為最後的舞台，告別演藝人生。

但並沒有盛大發表，而是徹底依照本人的計畫，從此不再接任何工作。

作為代表日本的大明星，這齣引退劇是太安靜了點。

最後一部作品《向日葵》中有這樣一段對話。

並不是和樂京子出現的梅花那一幕，而是主角夫婦駕車行駛在日本海沿岸的豪雪地區時，突然有隻小狐狸橫越馬路。

丈夫緊急煞車。

小狐狸待在原地不動，彷彿在等他們兩人下車。

夫妻倆受邀般下了車，小狐狸以一副「跟我來」的樣子走向森林，途中還頻頻回首。夫妻倆在雪地裡追著小狐狸走。

然而，腳印卻在雪地上消失了。

那時，夫妻倆在車裡說了如下的話：

如果說，希望不要被討厭的感情是戀，那麼，被討厭也無所謂的感情，應該是愛吧。

早晚明顯變涼了。

才不久前，一開窗就是滿耳蟬鳴，這陣子窗戶都關得緊緊的，抓牌的鈴姐肩上也披上了質地較厚的披肩。

整理倉庫的工作已經告終，但和作曲家今井洋輔夫妻打麻將時，一定會找一心。原因之一是本來的牌搭子昌子姐自從上次左腿骨折之後，坐久了都會痛。

關於在長崎得知的佳乃子的事，一心還沒有把心緒整理好。雖然有很多事想問當事人鈴姐，但既然她一直不提，像自己這樣的外人又何必在事隔多年之後讓她回想起來。

打麻將的日子通常是過午之後去鈴姐家。

中餐鈴姐經常會準備附近麵包店的三明治，配珍藏的紅茶或薄荷茶一起吃。今井夫妻會在這時候來到。

也沒有特別聊什麼，今井評論一回最近的政治家，今井太太感嘆固定去的牙醫歇業，一心趁這段期間把麻將桌準備好。

接下來便分別在東西南北落座，各自專心看手上的牌，轉眼間天就黑了。

「鈴姐，妳的腳一定冷了吧，要不要我去拿那雙絨毛拖鞋？」

一心這麼問，鈴姐也將腳丫子從拖鞋裡伸出來，腳尖互相摩擦一下，然後大方地拜託道：「好啊，不好意思幫我拿一下。現在又還沒冷到要開地暖式暖氣。」

等一心熟門熟路地從門口的櫃子拿來貓掌造型的厚實拖鞋，今井大師便調侃道：「好像討了個小丈夫啊。」

「什麼小丈夫，明明就是孫子。」

鈴姐笑道，但今井太太反倒一臉正色地說起「這年頭大家又不介意年齡差距」之類的話。

鈴姐當然完全不予理會。偶爾會無奈地笑笑，但從來不生氣，實際上根本沒有放在心上。

只不過，今井夫妻的玩笑話不知為何總讓一心感到非常自在。

這讓他覺得他們歡迎他待在這裡，自己置身於超有名的人之中也不會不自然。

然而，習慣是一種很奢侈的東西，在被他們這樣對待時，在他自己也沒有察覺時，不知不覺便站上了這樣的位置。

拿一件很小的事來說好了，一心會在廚房切今井太太帶來的蛋糕。切得端正漂亮的給今井夫妻，沒切好、形狀不好看的自然就給鈴姐和自己。

一心思考若對方是小桃，他會怎麼做。他覺得他不會給小桃沒切好的蛋糕。當然蛋糕多少有點變形小桃並不會生氣，但一心還是覺得他會給她切得最漂亮的。

也覺得這或許正是他最後失去小桃的原因。

話雖如此，另一邊可是代表日本的大明星。

他當然不是看輕鈴姐。何止不敢看輕，有些地方他是懷著敬畏崇拜之心，或許可以說，正因為太過沒有現實感，才敢放下心，相處時才敢有些馬虎。

最近他發現，自己會不自覺地一直注視著鈴姐，回過神時都會心頭一驚。

好比有一次，鈴姐在廚房泡紅茶，他從後面一直盯著鈴姐的耳朵看。

在那個鈴姐身上，他看到了演《洲崎鬥牛》的鈴姐。

那是好像隨時都會咬男人的，年輕的和樂京子的耳朵，是被來買春的粗暴客人扯著警告講話別那麼囂張的，小小的耳朵。

會興起想摸摸看的念頭的，當然是電影裡那火熱的耳朵。

但是一心卻會想，這麼多年後，現在鈴姐的耳朵和當時有什麼不同？

每當這個時候，鈴姐或許是察覺到一心的視線，也或許純粹出於巧合，「啊，對了，阿一，你去幫圓圓換一下水。」必定會有事咐吩他去做。

當一心覺得鈴姐對他的心思瞭若指掌的時候，他會赫然心驚，懷疑自己是不是戀上了鈴姐。

但反過來，當他覺得純粹是巧合的時候，就認為將自己與鈴姐相提並論，根本就是荒唐可笑的事。

說到這，研究所的同學這陣子也在亂猜。

「一心，你交了女朋友對不對？」同學這樣說。

一心不敢說已經忘了小桃，但好歹可以做到努力不去想。

「我夏天才剛被分手。」一心笑道。

但同學還繼續說下去：「是喔？可是，你最近老是一臉等一下要去約會的樣子。」

如此一來，原因就只能是鈴姐了。

怎麼可能對一個比自己年長五十多歲的女性起戀慕之心？太不現實了。

但若問起去見鈴姐之前這興奮的心情是什麼，他又無法解釋。

他會想，今天要跟鈴姐說什麼呢？也會想，今天鈴姐會跟我說什麼？

雖然鈴姐爽快地答應我去找她，可是搞不好其實覺得我有點煩，這樣的話，是不是不要這麼頻繁地跟鈴姐聯絡比較好？一心會這樣煩惱。

當鈴姐問他要不要一起去輕井澤時，一心很開心地答應了。

「本來是想搭新幹線去的，可是我想從別墅帶好幾樣東西回來，所以想請你陪我去，當我的司機。要是阿一沒事，我想在那邊住一晚。」

仔細一問，原來鈴姐將她名下的輕井澤別墅借給認識的畫家近二十年。

這位畫家本來也是女演員，基於興趣畫的油畫獲得賞識，引退後專心作畫，積極發表作品，現在她有好幾件作品都被公立美術館收藏。

「她也覺得一個人住在山裡變得很吃力，決定搬去橫濱跟兒子住。」

一心立刻划起手機預約租車時，鈴姐說：「好久沒開車兜風了，租跑車吧！」

一心立刻想起和小桃的那次兜風。

回想起來，那次也是去輕井澤，可以說一切都是從那裡開始的。在停在休息站的車上偷吻睡在副駕駛座的小桃的那一刻，一心記得無比鮮明。

ミス・サンシャイン

輕井澤的一夜

到輕井澤那兩個半小時的兜風很暢快。

鈴姐選的車是Jaguar F-Type，這樣的車對一心而言，形同被迫拿著沉重的鋁棒站在打擊區，但多半是副駕駛座上載著大明星的自信助了他一臂之力，讓他即使拿著鋁棒也能順利擊球。

這天老天爺也很賞臉，天氣很好，比歷年更早落下的初雪讓秋日晴空下的淺間山顯得更美。

在輕井澤別緻的別墅迎接他們的，是一位將長長的白髮隨便紮成一束的女子，名叫真純。

雖然有著滿滿的畫家氣質，但或許是放在餐桌上的常滑燒茶壺和梅乾的包裝袋，廚房和起居室的氣氛輕鬆居家，好似進了昭和時代的社區公寓。

過夜的房間也準備好了。鈴姐住一樓有暖爐的大客房，一心分配到的是二樓的小房間。

小歸小，擦得很乾淨的玻璃窗外可以望見美麗的白樺林。

晚飯是真純幫忙準備的。原以為會配合小木屋風格的別墅端出奶油燉肉，結果餐桌上擺的全是高湯茄子、炒牛蒡絲、牛肉肉臊這類下酒菜，當晚鈴姐也喝了冷酒。

「真純搬走以後，我該拿這間別墅怎麼辦才好啊。」

鈴姐的手指與江戶切子的清酒杯相得益彰。

「租給年輕畫家呀。」

真純是屬於講話比較不拘小節的那種人，昌子姐也是，可見鈴姐一定是喜歡這種個性的人。

「現在要租給不認識的人很麻煩的。」鈴姐說。

「哎，說的也是。」

「可是，以後又不會用到。」

從這裡開始，或許也有酒力相助，兩人開始懷念起過去。

這時，她們的話題因為「說到年輕畫家」而聊到寶生滿男，那個鈴姐在好萊塢時多半真心喜歡過的日裔畫家，由於同為畫家，真純在他的晚年曾來往過。

真純不時說起他晚年畫的畫和不幸的婚姻生活，鈴姐也不知有沒有興趣，只是默默傾聽，偶爾說句「要吃茶泡飯的話，廚房不是有野澤菜嗎？」關心一心。

真純三番兩次提到：「妳說，要是滿男跟妳結婚的話，現在會怎麼樣？」

一心很好奇鈴姐會怎麼回答，但鈴姐只是聽過就算了。

當晚，一心回到自己房間仍遲遲無法入睡。

大概是輕井澤的作息吧，一方面也是晚餐吃得早，雖然覺得聽她們聊天聽到很晚，但一心告退回到房間時才剛過九點，白天美麗的白樺林，入夜後一片漆黑。

聽說晚上出去散步必須隨身攜帶驅熊鈴和手電筒，一心便死了散步的心上了床。躺在床上划著手機等待睡意，但怎麼等都沒等到，回過神時又發現自己滿腦子想著鈴姐。

就像真純說的，要是和寶生滿男結婚，鈴姐會不會就不演戲了？

會不會為了支持畫家丈夫飛遍世界，為他生養小孩，如今過著孫子、重孫繞膝的生活？

這樣的話，世界上就不會有和樂京子展現精湛演技的那些電影與戲劇了。

我能想像那樣的世界嗎？

樓下似乎有動靜，一心豎起耳朵。

他覺得一定是有人回到了起居室。這棟別墅雖然大，但因為森林極度安靜，室內的聲響聽得很清楚。

一看鐘，已經超過十一點了。回到起居室的要是鈴姐就好了，一心心想，要是能在這無法成眠的夜晚和鈴姐多聊聊該有多好。

也許鈴姐也認床睡不著。下樓的話，她一定很高興可以有個說話的伴。

想著這些，便衍生出許多幻想。在幻想中，一心下樓去了起居室，鈴姐真的在等他。

「你每次睡不著的時候，都是想著我的作品吧？」

鈴姐會說這種挑逗的話。因為被說中，一心無言以對，鈴姐便對他溫柔地微笑。暖爐裡還有餘火。

「我自己也搞不清楚，這到底是什麼樣的感情。」一心準備說實話。

鈴姐拍拍沙發，要他坐到自己旁邊。

一心照做，深深坐進她身邊的沙發裡。愈靠近，鈴姐便顯得愈嬌小。

「我真的很喜歡《洲崎鬥牛》和《雷雨三味線》裡的鈴姐。喜歡得心好痛，就像喜歡小桃那麼喜歡。」

「可是在你眼前的是個老太婆。」

鈴姐笑了，像是要逃避一心的熱情。

「這跟年齡又沒關係。」

一心不禁大聲說，聲音在安靜的室內作響，鈴姐怕吵醒睡夢中的真純，「噓」了一聲，伸出手指按住自己的嘴唇。正是一心在《洲崎鬥牛》中看到的嘴唇。

「當然，我認為我和鈴姐是很不現實的。可是，那到底有什麼不同？在《洲崎鬥牛》裡那個讓我喜歡到心痛的女子，和現在在我眼前對我微笑的鈴姐，到底有什麼不同？到底是什麼讓我對自己的感情踩了煞車？」

幻想到這裡，一心不由得坐起來。

既覺得這段幻想太過頭，又反過來覺得是自己太多慮，其實應該很自然才對。同時也有點刻薄地自以為是，認為來自像自己這種年輕男人的好感，應該能取悅鈴姐才對。

不，這樣想，或許就像很多狡猾的男人常會幹的，給自己的真心製造一個逃避的地方。

只是，會去製造一個逃避的地方，就代表自己果然是真心喜歡鈴姐的。在煞不住的幻想中，一心想握鈴姐的手，鈴姐害羞地縮回手。

「到了這個年紀呀，被人家看到手是最難為情的。」

一心不管，硬是握住鈴姐的手。

「我就想一直摸著妳的手。」他說。

一心悄聲離開寢室。走下幾階樓梯，果然看到同樣睡不著的鈴姐坐在沙發上，望著暖爐裡還很小的火。

鈴姐注意到一心的腳步聲，對他說：「阿一也是因為太安靜而睡不著，對不對？」

「鈴姐也是嗎？」

一心彷彿被那聲音所惑般走下樓梯。

「就是啊，所以想說晚一點再去睡好了。」

鈴姐這麼說，拍拍自己的旁邊。

與剛才的幻想一模一樣，一心不禁僵住了，鈴姐對他說：「這裡很暖和。」便又看向暖爐。

大概是柴堆得不得法，鈴姐點的暖爐只會冒白煙，火燒不太起來。

一心離開沙發，加了柴，用撥火棍調整到冒出火苗。

「阿一明明是長崎人，對生火卻挺在行的。」鈴姐語帶欣賞地說。

「我以前是童子軍，常去露營。不過，畢竟是九州人，比較怕冬天，我覺得我在寒冷的地方大概會活不下去。」

「太誇張了，這年頭哪會。」

「真的是這樣，我沒有冬天的常識。像是如何讓車子不掛雪鍊也能慢慢開在雪路上，這些我都不會。」

聽一心這麼說，鈴姐靜靜地笑了。如果笑容有季節之分，那麼鈴姐的笑容非常適合暖爐。

「不過，照你說的，我也沒有冬天的常識，像是晚上睡覺前要放水，免得水管結冰；畢竟我們都是九州人吧。不過那個啊，萬一我和阿一在雪山上遇到山難，一定一下就死了。」

「啊，看，火點起來了。」

暖爐裡熊熊燃燒的火焰讓昏暗的室內亮起來。連牆上掛著的真純的抽象畫都動起來似的。

「真純姐好像睡得很熟。我經過走廊的時候，聽到裡面有呼吸聲。」

一心回到鈴姐身旁。

「阿一講話好委婉喔。那不是呼吸聲，是鼾聲。」鈴姐笑道。

這一夜的鈴姐非常放鬆。或許是一雙腿也擱在沙發上，看起來彷彿被大沙發椅橫抱著。

反而是一心有點不自在。

幫忙生火的時候還好，當他和鈴姐兩人在只有火星爆出劈啪聲的室內獨處，心裡就會浮現剛才的幻想，臉也熱了起來。

鈴姐直盯著暖爐的火看。說是盯著看，其實看起來更像在交談。

「剛才，不是說到我和鈴姐要是在雪山裡遇難嗎？講到這些，就真的會夢到耶。」

一心說道。

他心想不知鈴姐會怎麼回答，但鈴姐只是望著火焰。

一心終於撐不下去，去拿邊桌上的木製立體拼圖。將十塊拼圖拼起來應該會成為一個球型，但難度太高，一心很快就放下了。

「那個……鈴姐。」

自己要表白了。一心是出了聲之後才發覺的。

以前，要做這類表白的時候，他都會手腳僵硬。但不知為何，就只有這一晚沒有發抖。

說有自信太傲慢了，但有部分原因是因為，在眼前的是鈴姐。一心覺得自己好像站在一個大舞台上，正在說台詞。

「最近，只要晚上睡不著，我腦子裡想的都是鈴姐。」

一心緩緩地這麼說。

說完之後，也敢保證這句話沒有虛假。

但，鈴姐仍是盯著暖爐的火看，什麼都沒說。過了好久，久到好像自己剛才說的話要消失了。

「當然，是鈴姐演的電影。不過，偶爾也會想現在的鈴姐……」

說到這裡，一心窺視般觀察鈴姐的神情。

鈴姐仍望著暖爐的火，但那張側臉略略沉了一些。

焦急的一心更加失了分寸。

「啊，我自己也想不通，年紀那些到底有沒有關係，就覺得，喜歡一個人的感情應該跟那些沒有關係吧。」

回過神時，嘴裡正飛快地說著這些。

而且光是這樣還控制不了自己的心意和焦慮，像在自己房間裡幻想的那樣，就要去拉鈴姐的手。

在幻想中，鈴姐一下就縮了手。然後害羞地說：「到了這個年紀，最害羞的就是被別人看手。」

但現實中的鈴姐卻是默默地把自己的手交給一心。

說得再好聽，她的手也不年輕了。因為修剪得很乾淨，皺紋反而顯眼。

一心用力握住那隻手好掩飾自己的性急。

他用大姆指的指腹用力摩挲，柔軟的肌膚稍微被拉開。即使如此，他還是覺得很美。只要是鈴姐的手，無論什麼樣子都很美。

鈴姐就像被年輕的舞伴領舞一般，將自己的手交給了一心。她的視線仍專注在暖爐的火上，但側臉是身為女性十分了解一心心意的神情。

「我也是呢，有時候會睡不著……和一心一樣。」

當一心的手愛撫著沒有回應的鈴姐的手，動作變得有點遲疑的時候，鈴姐終於開口了。

「真的嗎？」

一心求救般問。

「嗯，會呀。不過呢，和年輕的一心不同的是，睡不著的夜晚，我想的都是死去的人，都是一些再也見不到的人。」

那一瞬間，手心上鈴姐的手突然變重了。

自己做了什麼？自己想對鈴姐做什麼？他已經無法冷靜思考。

若是鈴姐感到不愉快，他就必須道歉；若是真心想追求鈴姐，就必須更用力握住她的手。但他都不敢，只覺得鈴姐的手好重。

就在這個時候，鈴姐輕輕抽走了手。

接著，反而是鈴姐用雙手包住一心動彈不得的手，輕輕拍了兩下。

一心知道，他必須對起身回房的鈴姐說些什麼。不，不是什麼，而是必須道歉。

但一心說出口的，卻是一句不合時宜的話。

「為、為什麼，鈴姐為什麼一直不提佳乃子女士？」

他看得出回過頭來的鈴姐很混亂，一時之間無法判斷自己剛才到底被問了什麼。

「本來應該是佳乃子女士去演戲的。因為詹姆斯先生最先找的是佳乃子。」

鈴姐心中的混亂似乎平靜下來了。反而是一心在開啟這不合時宜的話題後，心中的焦急當場劇增。

「為、為什麼鈴姐從來不向任何人提起佳乃子女士？這樣豈不是像佳乃子女士從來沒有來過這個世界一樣。」

連自己都覺得誇張了。但，考慮到兩人深厚的關係，鈴姐確實是太過沉默了。

「你是說我刻意隱瞞？」

鈴姐終於回話了。

「呃，嗯。在我看來是這樣。其實，我回長崎的時候見過壽子女士，因為碰巧知道我一個朋友是壽子女士的遠親。」

鈴姐邊聽一心的話，邊頻頻揉自己的手。看起來像是努力回想些什麼，也像是努力想忘記什麼。

「你見過壽子？」

「她也讓我看了佳乃子女士的照片。」

「她很美吧？」

「嗯，非常美。」

暖爐的火突然變旺，照亮了鈴姐的臉頰。

「總覺得我和阿一之間的緣份很神奇。你來幫忙整理我的演藝人生，最後幫忙找到的，果然也是佳乃子。」

也許只是火光映照而已，鈴姐的眼中似乎閃著淚光。

一心看呆了。鈴姐就是這麼美，比任何一部電影裡的和樂京子都更煽情、更優雅、更哀傷。

「為什麼不提呢？」一心回到之前的問題。

鈴姐沉默了好半晌。

「有好幾次我都想說，我從來沒有一天不想起佳乃子，連一天都沒有。」

「那為什麼……」

「一旦我說出口，她就會變成影子，無論如何都會變成那樣。而她並不希望那樣。」

鈴姐只說了這幾句話，便離開了。

簡直就像落了幕。明明鈴姐已經不在那裡了，卻好像仍有人一直站在那裡。

那看來像是走過光之路的和樂京子，也像是成為她的影子的佳乃子。

ミス・サンシャイン

陽光小姐

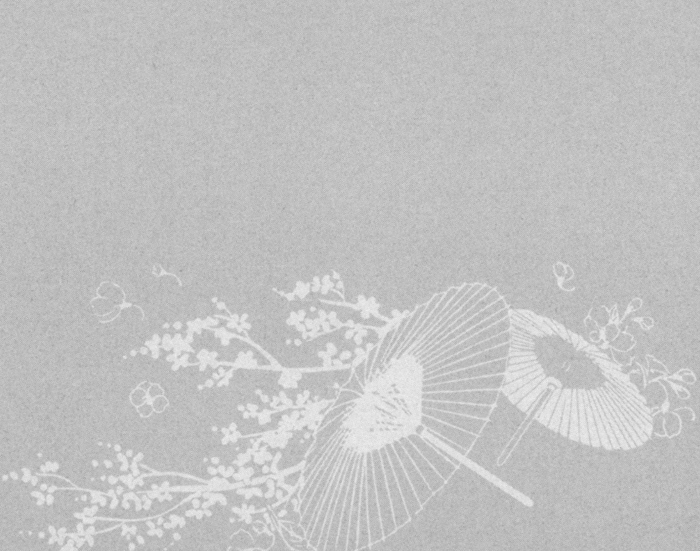

一心像平常一樣，被樓下住戶的腳步聲叫醒。

租這間新公寓的時候，一樓和二樓都還空著，一心想住二樓，認為可以不必在意樓上的聲響，但妻子里穗反而想住一樓，這樣即將出生的孩子吵鬧時也不用擔心吵到樓下。

結果，考慮到陽台的採光等因素，當時是一心如願了。但，或許不想要什麼就來什麼，因為公寓結構的關係，不知為何一樓的腳步聲直接傳到二樓的天花板。

當初也討論過是不是要去向房東投訴，但一樓住戶的情況也和一心他們夫婦很像，並不是故意弄出很大的腳步聲，多半只是在每個家庭都同樣匆忙的平日早上，趕著刷牙、吃飯、換衣服，製造出很尋常的聲響而已，這樣的話，為了這點事就火冒三丈也太小心眼，不如將每天早上六點整開始的這些腳步聲當作有點早的鬧鐘——這是夫婦倆經過討論做出的結論。

也因此，一心可以很從容地上班，通車到位於市中心的公司時都有位子可坐。

「我下週開始休產假，所以這週可能連續幾天都要加班。」

一心走出寢室，里穗正在廚房燒開水。

「身體還好吧？」一心關心道。

「身體還好，不過晚餐怎麼辦？」

「我這週工作也很多，在外面吃了再回來，不用準備我的。」

一心用里穗燒開的水沖了咖啡，這期間里穗去給陽台上的植栽澆水，天花板持續傳來一樓的腳步聲。這是個一如既往的早晨。

同樣一如既往地將電視音量調得很低的里穗，在一心正在沖咖啡的時候「咦？」了一聲。

一回頭，電視上正出現和樂京子。那是她息影前不久，為動畫片《攝氏一百度的暑假》擔任配音的訪談片段，但沒有播出當時的聲音，而是節目主持人在說話。

「死了……」

里穗拿遙控器指著電視螢幕說，一心雖應了一聲「咦？」，也已經注視著畫面右上角出現的「追悼　和樂京子」的文字。

下一秒鐘一心便楞住了。

因為一心以為會有好幾分鐘的追思特輯，結果竟然和偶像團體發新單曲的新聞一

對。

樣，簡簡單單就帶過。

雖說息影已經好些年頭了，但和樂京子這位女星依然是代表戰後日本電影的明星才

一心轉到其他頻道確認。果然，每個節目都當作今天早上的頭條新聞，但就像昨天也有頭條新聞，明天也會有明天的，沒有什麼不同。

報導那位和樂京子死訊的新聞竟然只有這樣？一心為之愕然。

當她獲得坎城影展最佳女主角獎的時候，這個敗戰氣氛依舊濃厚的國家，人民是何等的歡天喜地。全國各地甚至出現了慶祝的提燈隊伍，她為當時死氣沉沉的日本國民喚回了多少自尊與自信啊！

年輕主播一本正經地播報她的死訊，與她的豐功偉業實在不符。

最好的證明就是，里穗的目光已經從電視移開了。

但，一心想到這裡，又轉了念。因為他覺得，鈴姐早就料到會是這樣了。而期望以這種方式告別人世的，不正是鈴姐自己嗎？

仔細想想，一心頻繁前往鈴姐家的時期也不過短短半年左右，然而留下的記憶卻

濃密得像有好幾年。

一心去鈴姐家那年的隔年，美國好萊塢舉辦的奧斯卡金像獎頒獎典禮上並沒有出現鈴姐的身影。

一心為了看頒獎典禮還特地訂閱了付費頻道，等現場直播時間到了，竟不知不覺在電視機前危襟正座，等候鈴姐出現在這場豪華大秀中。

歷代為奧斯卡金像獎增色的往日巨星紛紛自世界各國前去出席這次盛會，可見整場典禮都跟事先提過來的企劃一樣，唯一的可能就是鈴姐婉拒了。

自從輕井澤那件事以後，一心便與鈴姐疏遠了。

當然不是那一晚之後就不往來。第二天早上，回東京的車上，鈴姐的態度一如往常，倒是一心對自己前一晚的行為還無法整理好心情，鈴姐應該也感覺到他既不願後悔也不敢賠罪。

一直到回到東京，鈴姐的態度始終都成熟得體。但回到東京後，鈴姐就沒有再主動聯絡了。

即使一心鼓起勇氣聯絡，鈴姐會在電話中愉快地告訴他近況，卻不再像過去那樣對他說「下次來喝個茶呀」。

漸漸地，一心也不再聯絡了。原因很多，不過拉開時間和距離之後，他也冷靜下來了。

好比兩人的年齡差距，甚至自己和那位大明星和樂京子之間的距離，無論怎麼說都不現實。再度認清這些事實之後，連他自己都為之失笑。

在鈴姐缺席的奧斯卡金像獎頒獎典禮結束後，一心立刻鼓起勇氣寫信給她。

因為一心突然想到，鈴姐之所以沒參加，會不會是因為身體狀況不允許，而非她不願意。

一開始只是想簡單問候，關心狀況就好。但或許不該半夜寫信，光是簡單的問候停不了筆，結果寫成一封密密麻麻長達十頁的長信。

內容幾乎都是關於妹妹一愛的回憶。當然提筆之初，他並沒有打算提到一愛。

卻在不知不覺間變成那樣。

一想到這或許是寄給鈴姐的最後一封信，與鈴姐一起度過的快樂回憶和被小桃玩弄的痛苦記憶便紛紛回籠。最難忘的是佳乃子託付給鈴姐的那句話「要記得我的人生很幸福」，直接與一愛說的「要記得一愛是個幸福的小女孩」重合了。

回想起來，真是一次不可思議的體驗。

一愛死了之後，一心當然非常消沉。由於當時年紀還小，不明白這種錐心之痛到底是什麼。隨著時間過去，才慢慢習慣了那種痛。

然而，明明早已習慣，從遇見小桃到分手的這段期間，不知為何心頭一直有這種痛。

簡直就像回到了一愛的那時候。

一心坦誠地把這些寫在給鈴姐的信裡。

被小桃拋棄，向鈴姐哭訴的那一晚，其實心裡感受到的是失去妹妹時的痛，明明他隻字未提，卻覺得鈴姐發現了。

一心拚命寫了妹妹一愛直到去世之前都是個多麼勇敢的女孩，而且又多麼幸福。他拚命想告訴鈴姐。

信的最後，也老實說至今無論如何都還是忘不了妹妹。

過了一週左右，他收到鈴姐的回信。

相較於一心寄出的信，這封信很短，內容如下：

我想，我一定是得到了阿一的寶貝。

阿一以強而有力的筆觸寫了一愛的這封信，是阿一的寶貝。而我收到之後，也成了我的寶貝。

真的很謝謝你。

你還記得嗎？我們一起在輕井澤的別墅過夜那次。

那天晚上，阿一問我：「為什麼都不提佳乃子？」我是這麼回答的：「要是我提了，她就會變成影子。」

當時我不認為你能理解。但現在看了這封信，我發現你一定比任何人都了解我的心情。

鈴姐的回信中還附了一樣東西。那是一張折起來的老紙條，附帶以下的說明：

這是我六十年前，為了美國奧斯卡金像獎最佳女主角獎所準備的得獎感言講稿。阿一記得嗎？是你從那堆紙箱裡幫我找出來的。

這也是我的寶貝之一，如果不嫌棄，希望放在阿一這裡，所以同封附上。

二十五樓的大窗戶，可以遠眺染上夕照的東京灣沿岸林立的高樓群。

要不要買，顧客要求想再看一次夜景再決定，因此負責這個物件的一心提早過來給室內透氣，心裡唸著：「今天就做決定，今天就賣出去，讓我可以趕上這一期的業績。」連地板都打掃好了。

考慮購買這個超過一億日圓物件的，是四十多歲的奧田夫婦，丈夫是外商的業務，待人態度親切與強勢拿捏得宜，讓人感到這個人值得信賴，是個很適合當業務的人。

妻子的話很少，感覺得出她以滿滿的愛養育明年要上明星小學的獨生女。

「就方位而言，是朝北……」

一心正要說明，奧田卻打斷他、自信十足地說：「雖說是朝北，這種摩天大樓白天也不可能會暗，反而如果向南的話，夏天冷氣不開到最強只怕就變成三溫暖了。」

遇到這種情況，一心這些房仲都是不置可否地點點頭。不，不僅是這種情況，凡是顧客說起不動產相關知識，無論對錯都要不置可否。

房子，是一個人人生中最大筆的購物。結果取決於購買者能不能接受。而接受的理由，最終只能靠顧客自己找出來。說穿了，一心他們只能靜待那一瞬間的到來。

「萌音也想住這裡吧？」

奧田摸著獨生女的頭問。還以為她會立刻點頭，不料女兒不知為何卻抬頭看母親。

「萌音，說實話就好。」

太太溫柔微笑，女兒好像有些鬆了口氣似的，老實點頭說：「嗯，我想住這裡。」

考慮頭期款、丈夫的年薪，以及今後要一路供女兒上著名私立大學的生活費，對這對夫婦而言，這間房子買起來勢必相當吃力。

利率雖低，還是要背上不少房貸，而在外商工作的丈夫收入似乎是看業績的，今後若是不符預期，生活會立刻出問題。

當然奧田也是在了解這些條件的情況下考慮購屋。而妻子多半明知道這個物件超出他們的能力，卻也不能忽視丈夫「這樣才會激勵我努力」的心情。

一心見過好幾組同樣的客戶。也見過好幾組客戶在人生最大筆購物之前興奮、失去冷靜。

只是，就算這樣還是要賣房子，這是一心他們房仲的工作。正因如此，他們沒有說漂亮話的空間。

研究所即將畢業而開始找工作時，一心並不是沒有對電影之類的娛樂產業動心。實際上，透過五十嵐教授的介紹，他認識了在大型電影公司和影音串流平台做得很出色的學長，也接觸到他們的才能和熱情。

但，接觸得愈多，愈發現自己並沒有那麼多才能和熱情。也發現對自己而言，所謂的娛樂，得是以觀眾的身分才能從中獲得樂趣。

結果，當工作機會縮小到貿易公司和房仲時，他幸運地進入了大型房仲公司。

在旁人眼中，辭掉了大學畢業後好不容易進入的大型貿易公司，重回校園念了研究所，重啟了人生卻沒有更精采。但對一心來說，這一路的景色截然不同。

如果說，以前選擇的人生是修學旅行，這次便是獨自旅行才能看到的景色。能夠真真切切地感覺到他是用自己的雙腳站在自己選擇的地方。

或許因為如此，想到妹妹一愛的時候，感覺與以前不同的時候變多了。

他覺得，自己走的不是沒有一愛的人生，而是曾經有過一愛的人生。

開始工作後他埋頭苦幹了好一陣子。不是被工作追著跑，而是對什麼都感到新鮮，做著工作就好像迫不及待地大口喝著可口的湧泉。

也遇到好上司和好同事，後來更與同事結了婚。

雖然沒有像年輕時那般、談了一場迎著狂風暴雨的戀愛，但當他說「這是我女朋友」，將如今是妻子的里穗介紹給父母、上司、同事、朋友時，自己的呼吸非常平順，坦然而直接地感到幸福。

一心認為自己現在的人生很平凡。在隨便哪個住宅區環顧一下，某個隨處可見的小坪數出售獨棟住宅或電梯公寓、隨便哪個窗戶裡都看得到的，那種普通的人生。

但正因如此，與鈴姐一起度過的那段時間，對一心而言才顯得無比耀眼。

他總覺得那就好像本來應該一直在觀眾席上的自己，唯獨在那段期間站上了大舞台。

在陌生的大舞台上，一心談了一場轟轟烈烈的戀愛，然後失戀、大哭。他至今仍覺得，就是因為站上了大舞台，才會有這一遭體驗。

而這正是鈴姐，不，是名為和樂京子的女星所擁有的最大魅力。

與她接觸過的每一個人都像是被施了魔法。

日本的觀眾就不用說了，全世界也有和自己一樣和和樂京子相遇的人。一心再次這麼認為。

這個人一定和自己一樣，得到了一段寶物般珍貴的時間。而這正是名為和樂京子的女星的偉業。

與妻子里穗一起過日子，有時候會有種被無可言喻的幸福感包圍的感覺。像是看到她挑戰高難度瑜伽動作的時候，一起吃變了形、賣相極差但煮得好好吃的茄子料理的時候。

在和樂京子這位傳說中的大明星身邊的時光，一心學到了再特別的人也是人，這極為理所當然的道理。反過來說，這世上根本不存在特別的人。

轉換成文字實在太過理所當然，但或許唯有真正理解箇中意義的人才知道什麼是真正的幸福。

鈴姐同封寄來的美國奧斯卡金像獎得獎感言底稿，從「謝謝美國影藝學院（Thank you to the Academy.）」這句話開始。

當然通篇都是英文，但一再重讀之後，在一心聽來卻像是日文。

簡直就像看到六十年前站在那個盛大舞台上的鈴姐，向全世界發表感言。

此刻，我非常感動。

光是能夠入圍就感慨萬千。

面對這樣的殊榮，我真不知該如何表達我的感謝。

是你們給了我這樣一個日本演員機會。

給了我夢想。

你們都是很棒的人。真的是非常棒的人。

今天，我站在這裡，想把這個獎獻給一位女性。

她名叫林佳乃子，是我唯一的好友。

我和她，在那個夏日，在長崎遭遇原子彈爆炸。
那是一次殘酷的經驗。
她死了，我還活著。
我和她被分開了。
分開我們的，令我十二萬分痛恨。所以我有話想對那個分開我們的說。
就算你想盡辦法將我們分開，我們也絕不會分離。
因為她就是我。
我就是她。

我想西洋的各位對穴道這個概念不太熟悉，但我們東方認為身體有許多穴道。
其中有一個穴道叫膻中，大家可以找找看。像這樣，手指從喉嚨沿著胸骨往下，有一個地方手指會好像被吸進去。
那個地方就是膻中穴。
當你覺得寂寞難當的時候、傷心得不能自已的時候，請試著按住這裡。

我們都失去了很多重要的人。
我是如此，大家也是如此，都在那場戰爭中失去了很多重要的人。

在寂寞得無法成眠的夜晚，請試著按住這裡。
然後，試著慢慢深呼吸。

自從收到鈴姐寄來的這份寶貝，一心每次重看都會想：

若是她得了獎，在那個大舞台上發表了這篇感言，這個世界會不會和現在有些許不同？

全世界因為那場戰爭失去重要的人的人，若都按住心口緩緩地深呼吸，現在這個世界會不會有所不同？

答案每天都不一樣。

當然有些日子他會認為世界不可能因為區區一個女星的感言而改變，但也有些日子，他相信或許一個女星的感言就能改變世界。

「果然，俯瞰這片夜景，就會有我成功了的感覺。」

從二十五樓眺望的東京灣夜景，讓親眼看到的人感到無比震撼。與癡迷於這般絕景的客戶奧田站在一起的一心，也不禁為之讚嘆。

一心把位置讓給奧田太太，退到後面不動聲色地划開私人手機。

有和樂京子的新聞。內容條列了她的經歷，並宣布不舉辦守靈告別式。

今天早上，一心當著她的死訊愣征的時候，妻子里穗擔心地問：「怎麼了？」

一心覺得不可思議，他從不曾向里穗提過鈴姐。婚前有一次約會，他們彼此坦誠自己喜歡過什麼樣的人。

一心說了為數不多的經驗，其中當然也有小桃那一段。然而，那時腦海中明明也閃過鈴姐，不知為何一心就是不敢把這一段告訴里穗。

他自己也覺得很奇怪，那究竟是什麼樣的感情，連他自己也不明白。

「我，要買這裡。」

就在這一刻，奧田回頭說道。似乎也為自己的決心興奮不已，氣息不穩。

往旁邊一看，做妻子的聽到丈夫這句話時，臉上失去了表情。丈夫說的明明是要買新居，她卻一副被宣告房子失火的神情。

「就現今的房市而言，這是個明智的決定。」

平常一心會立刻接這句話，偏偏今天說不出口。

超過一億日圓的物件，一心他們房仲能收到三百萬以上的仲介費。這個物件幾乎還沒有花錢宣傳，因此不但能達到這個月的業績，對團隊的成績也貢獻良多。

「我要買這裡。」

奧田像是告訴自己般重複一遍。

「奧田先生，要不要做個深呼吸？」

回神時，一心已經這樣對他說了。

「太太要不要也一起試試？像這樣。」

一心這突如其來的提議讓奧田夫妻很吃驚，但他們的女兒萌音首先學著一心大大張開雙手。

在旁邊的奧田與妻子雖然不太放得開，也張大了雙手。

「不如今天晚上再好好考慮一晚？有我在場，您與太太也很難深入討論。當然，這是非常好的物件沒錯。但如果只是幾天，我可以先保留不帶其他客人來看……畢竟是一筆龐大的消費，我還是希望這筆錢兩位都花得順心合意。」

光靠這種漂亮的話是活不下去的，這一點一心當然知道。但是，在這個相信區區一個女星的感言可以改變世界的日子裡，為理想而活又何妨。

一心瞭望窗外無垠的東京夜景。

鈴姐，我喜歡妳。

鈴姐，我不會忘記妳。

鈴姐，還有佳乃子女士，我們絕不會忘記妳們。

ミス・サンシャイン

附錄　吉田修一專訪

以新作《陽光小姐》挑戰長崎・原爆的記憶

採訪、撰稿：瀧井朝世
授權收錄：文藝春秋

第一次想寫長崎原爆

問：新作《陽光小姐》中，研究生岡田一心在傳奇電影女星和樂京子（本名石田鈴）家打工，協助整理舊物，過程中漸漸建立出一段深刻的情誼。也道出曾活躍於好萊塢、八十多歲、已息影、過著平靜生活的鈴姐的一生。一心和鈴姐都來自長崎，鈴姐是原爆倖存者。這樣的設定很有意思，也震動人心，您的靈感從何而來？

吉田：我想寫長崎原爆，這個念頭直到最近才產生。雖然出生於長崎，但我從沒寫過原爆，甚至沒有好好面對過這個主題。因此，每當我讀到原爆倖存者林京子等人懇切而翔實的作品時，總認為這不是我可以處理的題材。

然而，與長崎、廣島以外的人交談時，我有時會驚訝於人們對原爆的了解如此之少。在長崎和廣島度過的童年時期，我有很多機會了解原爆。

問：啊，小說中也寫到一心的這種感覺。

吉田：三、四年前的一天，我在廣播中聽到出生於長崎的福山雅治先生說：

「對我來說，暑假就意味著原爆。」我認為確實如此。小時候，我的暑假作業有一半是關於原爆，所以我會聽倖存者的故事，參觀博物館。這些回憶讓我開始思考，是不是有我這個沒有實際經歷過戰爭的人也能談原爆的方式。差不多這個時候，我收到《文藝春秋》的連載邀約。

問：鈴姐有位故友佳乃子，她們小時候一起經歷了原爆，後來佳乃子去世。小說一點一點道出鈴姐對佳乃子的思念，讀者的心也一點一點下沉。

吉田：一九四五年美國《LIFE》雜誌上刊登了一張照片，名為「Lucky Girl（幸運女孩）」。這張照片拍攝於長崎原子彈爆炸後的焦土，畫面上一位日本女性從防空壕探出頭來，當時在美國引起廣大討論。這在日本沒有成為話題，但大部分長崎人都知道這張照片。起初，我想以佳乃子為主角，描寫那位「幸運女孩」的故事，但我意識到這會很沉重。

問：剛剛看了「Lucky Girl」的照片。一名女子從廢墟的防空壕中探出頭，對著鏡頭微笑。

吉田：是的，照片中被拍攝的女性正在微笑。她被認為是「幸運的」，因為她躲在防空壕裡「活了下來」，但那名女子後來死於原爆症。這不是很諷刺嗎？聽說那張照片裡的笑容並非她主動的，而是攝影師請她「笑一笑」的結果。她在周遭都是屍體的煙硝中心懷恐懼，無奈地露出微笑。

看著這張照片，我開始思考她可能的人生。比如說當了演員，去美國發展走紅了……鈴姐就這樣誕生。透過描寫鈴姐輝煌的一生，我希望能夠藉此映照出那些像佳乃子女士一樣，因原爆而被扭曲的人們的生活。

問：所以你是為了描寫鈴姐，而創造一心這個角色嗎？

吉田：因為不能讓鈴姐自己說「我是個偉大的演員」呀（笑）。為了講述她大半輩子的故事，一心的存在是必要的。小桃的出現則是為了傳達一心是個什麼樣的年輕人。

問：小桃是一心喜歡的女人。順帶一提，一心有點害羞，和吉田先生的成長小説《橫道世之介》隱約有相似之處。兩人也都來自長崎。

吉田：為了讓讀者能讀得下去，我覺得敘述風格應該明亮輕快比較好。也正因為這不是個全然陽光、明亮的故事，更要採用這樣的語調。至於一心，一開始我確實想讓他像世之介，但中途改變了主意。

作品中集結了我看過的電影元素

問：鈴姐出道於戰後的一九四九年，是深獲好評的銀幕明星，甚至紅到好萊塢。她長年活躍在電視劇和舞台劇的第一線，是嚐遍酸甜苦辣滋味的女演員。

吉田：在我心中，鈴姐是只以女演員身分而活的人。構思時，我參考了京町子（京マチ子）等那時代的閃亮明星，由此構思她的女演員形象。

問：描寫鈴姐（和樂京子）的演藝生涯時，你在真實存在的演員中加入許多虛構的導演和作品。有趣的是，它們看起來都那麼真實，作品內容和周遭的評價也都有詳細的設定。

吉田：思考她的演出作品真的很有趣。

問：一九四九年，和樂京子在成田三善的《梅與女》中首次亮相，飾演主角僧侶的妹妹。之後，他在改編自文豪谷本荒次郎小說的同名電影《洲崎鬥牛》中飾演一位紅燈區的女子而成為熱門話題。

吉田：這些作品雖然沒有直接的模型，但我把至今看過的電影精華融入其中。寫作過程中，這些電影竟讓我感覺它們非常真實，這聽起來很愚蠢，但連載階段我想查找《洲崎鬥牛》的結尾台詞時，竟下意識地在網飛（Netflix）上搜尋（笑）。我在輸入片名時突然意識過來：「啊，這是我自創的電影。」就像這樣，我在小說描繪的世界中感受到真實。

問：移居好萊塢後，和樂京子以「陽光小姐」之名走紅，甚至入圍奧斯卡最佳女主角，這會不會太厲害了？而且還是和凱薩琳·赫本和英格麗·褒曼一起入圍。

吉田：我覺得有必要寫一下當時日美之間扭曲的關係，所以讓鈴姐去好萊塢。與鈴姐幾乎同世代的南希·梅木女士曾得過奧斯卡最佳女配角獎，所以這不是不可能的事。

新冠疫情爆發前我去洛杉磯取材，參觀了好萊塢的製片廠和好萊塢女演員的住處。有機會和南希·梅木女士的熟人交談，也讓我非常感謝。

此外，為了描寫和樂京子，我也看了許多女演員的作品，做了調查研究，而吉永小百合女士對我來說尤為重要。我還是中學生時，吉永小百合女士在電視劇《夢千代日記》中飾演因原爆症去世的藝妓。我在劇中看到原子彈爆炸的真實情景，印象深刻。

吉永小百合女士之後還朗讀了原爆倖存者的詩歌，基於這樣的背景，這次這本書（日文版）得到她的推薦語，我真的非常開心。推薦語中引用了鈴姐的話「她死了，我還活著」，也令我非常感激。雖然並非直接以她為原型，但在描寫鈴姐作為明星演員的活躍時，我一直將吉永小百合女士的風采放在腦海一隅。

女演員和樂京子的一生呼應戰後的日本

問：啊，原來如此。這部作品在追蹤鈴姐活躍軌跡的同時，也呈現了影視產業的變遷，這也非常有意思。戰後初期，她扮演著充滿生命力的強大女性角色；隨著東京奧運到來，電視普及到每個家庭，她開始在電視劇中扮演母親，甚至演出一部類似《金妻》的劇集，在《週日的欲望》中飾演身陷婚外情的主婦（笑）。非常適切地反映出那時代每個階段所需要的形象。

吉田：我一直希望能讓鈴姐的一生和戰後日本的變遷有所呼應。正如您所說，在男性主導的電影界中，每個時代都有對女性形象的需求。戰爭剛結束時需要肉體派女演員，之後又渴望家庭型的母親角色……我在創作時有意識地考慮了這些。

電影的黃金時期往往發生在國家的成長期。一九五〇年代，日本電影業高度成長，當時製作的電影享譽全球。其他國家也有類似情況，比如台灣在走向民主化時期，侯孝賢、楊德昌等導演相當活躍；而香港，在主權移交前後，王家衛的作品得到世界的肯定。國家經歷重大變革時，電影往往充滿活力，這點非常有趣。

問：吉田先生，您看過各式各樣的電影，您最喜歡的日本老電影導演或作品是什麼？

吉田：我在很多場合說過，我喜歡成瀨巳喜男的電影。它一點也不浮華，以精鍊的方式表達日常的戲劇性事物。例如電影《當女人上樓梯時》（女が階段を上る時）中，高峰秀子主演銀座酒吧雇傭的女主人，這只是一個女人被男人欺騙的故事，但有著特殊的況味。故事中的欺騙過程及每個角色都有真實感，最終展現出女性的力量，讓人感受到她們登上階梯的堅強。我喜歡成瀨的作品，它們讓我感受到人在生活中展現出的堅韌不拔的特質。

二十多歲男人和八十多歲女人之間的愛情

問：與鈴姐的過去平行推展的，是現今時空中鈴姐和一心的互動。一心先是愛上小桃，但逐漸被鈴姐吸引。

吉田：我一直都是這樣，不會從一開始就想定情節，而是在寫作時傾聽角色的聲音，同時決定他們的感受將如何變化。彷彿自己成為一心，逐漸了解面前這位八十多歲的美麗女性如何走過她的人生。

起初，一心的心都懸在桃子身上，隨之起伏，對鈴姐並不在意。我認為這樣的開始很好。雖然我希望一心和桃子能順利發展，但他們之間始終存在著令人糾結的不協調處。這些時刻，鈴姐都在旁邊，漸漸地，我開始希望一心能和鈴姐順利發展。

過程中，我思考著為什麼二十多歲男性和八十多歲女性的戀愛故事很難成立。小說最後，一心說：「只要晚上睡不著，我腦子裡想的都是鈴姐。」這時，我開始思考八十多歲的女性無法入睡時會想什麼。我叔母曾說過：「我只會想著已逝的人。」這句話讓我印象深刻，於是我把這句話寫成鈴姐的話。回想起這句話，讓我意識到年齡相差如此懸殊的兩人之間，戀愛很難成立的原因確實存在。

問：事實上，一心在小學時失去了妹妹，這一點讓他與鈴姐有相同的情感基礎。

吉田：在思考鈴姐和一心有什麼樣的元素能產生共鳴時，我認為其中一個重要的元素是失去重要事物的經驗。

我意識到，直接講述原爆的故事對於沒有親身經歷的讀者來說，可能只會覺得事不關己。為了讓讀者更有共感，我思考了如何以人們幾乎都會經歷的、與重要人物的離別經驗為切入點。我認為，如果我能細緻地描繪這一點，我希望傳達的內容就能更完整地被理解。

佳乃子和一心的妹妹在生前都表示過，不想以被害者的身分死去。雖然我自己並未有這樣的經歷，但如果在年輕時就面臨死亡，回顧此生，我會覺得我不是為了這樣死去而來到這個世界的；不甘心的感覺透過那句話呈現出來。但這很難。原爆實際上不是我這樣的人能夠輕易講述，雖然我會以自己的方式去思考這個問題。

問：鈴姐原本打算在奧斯卡頒獎典禮上發表得獎感言。您一開始就想到這一點嗎？

吉田：一開始我並沒有想到這個，但寫到一半就決定讓鈴姐向一心傳達一些訊息。

問：那真是太精采了。從原爆開始，繼而創造出女演員的一生，讓人愉快地閱讀，最後又能夠傳達出想要表達的內容……。了解了您創作的起點，再次感受到這個結構的巧妙之處。

吉田：非常高興聽到你這樣讀這本小說。

問：最近您如何選擇寫作題材呢？有在構思中的主題嗎？

吉田：我總是有兩、三個想寫的主題，「幸運女孩」就是其中之一。當我收到連載邀約並與負責的編輯溝通時，在很多不同考量之下讓我決定：「如果想寫這個，那就在這裡寫。」

問：吉田先生，時事和實際事件似乎經常帶給您靈感，影響您的寫作呢。

吉田：是的。《陽光小姐》連載期間碰上新冠疫情，我覺得有受影響。小說沒有提到疫情，但某個程度上影響仍在。例如在疫情期間寫出「好寂寞」，相較於平常時期，寫的人和讀的人都更有感。雖然用的是一樣的詞，但感受會有細微的差別。所以這次當我重讀完成的作品時，我覺得這是一部溫柔的作品。

問：這是一部讓人體會到真正的溫柔的作品。今年是吉田先生以作家身分出道二十五週年，除了新冠疫情外，您對時代變遷有什麼想法嗎？

吉田：我一直都說，我總是覺得今天比昨天好。可能很多人認為事實並非如此，但我的感覺確實是這樣。當然，有些事情正朝著不好的方向發展，但我並不那麼悲觀。

因為與年輕時相比，您不覺得真正討厭的人變少了嗎？以前身邊有很多粗魯的人，但我感覺現在壞心眼的人愈來愈少了。

不再去「說服」讀者

問：聽說河野多惠子女士還在世時曾說「作家的成就決定於四十幾歲時」，現在你已經五十幾歲，感覺如何？

吉田：我四十出頭時河野女士對我說過這句話。谷崎潤一郎等許多重要作家都是在四十多歲時寫出代表作，我覺得我也應該更加努力。但最近閱讀川端康成的作品時，試著確認他寫這本書時的年齡，發現是在六十多歲時寫的。現在我會想，河野女士當時的意思或許是，如果四十多歲時沒有培養出好的體力，之後會無法持續創作。

問：你的體力好嗎？

吉田：好不好我也不確定。雖然這說法有點怪，我現在比較偷懶了。以前我總是很用力地想將一切都表達出來，可能因此讓讀者感到心力交瘁也說不定。但現在我可以放鬆肩膀來寫，歷經摸索後終於掌握了《陽光小姐》的調性。這個題材可以寫得很嚴肅，但我刻意避免，這可能可以說是我的成長吧。

問：具體來說，肩膀放鬆是什麼感覺？

吉田：應該是說我不再試圖用寫作來「說服」了，並不是放棄溝通，而是我無法決定讀者最後會接收到什麼。現實生活中不是也有說得再多對方也不理解的情況嗎？我想我已經能調整自己的力道來因應這樣的情況了。

以前應該是期望太高，抱持著我寫了一百，希望讀者也能回應一百的心情。但現在，儘管我只寫了五十，但得到了六十或七十的回應，反而更令人驚喜。

問：吉田先生從以前開始，作品就給人「不會解釋太多，但會傳達出訊息」的印象。

吉田：我的處女作刊登在《文學界》上時，當時的總編輯庄野音比古先生每次都會閱讀我的稿子。庄野先生建議，把我特別想寫在這裡而花很多精力撰寫的部分全部刪掉（笑）。「重要的部分必須用非直接的表達方式來寫，」他說：「你應該想出能讓讀者有那種感覺的情節。」

問：例如在《陽光小姐》中，寫到一心和小桃對飲用水的口味不同，這讓讀者忍不住想知道這兩人的未來是否會順利。

吉田：以前，我會簡單地寫下這樣的話：「即使你們對電影的品味相似，但本質不同的男女不會處得來。」然而，對每天都要喝的水感受不同，可能更容易傳達出關鍵的情節。

出道後，我接受了五年這樣的訓練。每天我都會去文春的寫作室修改稿子直到凌晨。聽說現在這樣的情況不多了，所以我覺得最近的新人作家有點可憐。

問：訓練過程中，你能自己判斷嗎？

吉田：一開始我沒有刪修的勇氣。我沒辦法刪改，因為沒有自信。即便如此我仍不斷跟編輯確認，在過程中逐漸培養出信心。

我的處女作《最後的兒子》純粹靠直覺刪去多餘的東西。接下來的一些短篇小說，我則不斷被要求「刪修、刪修」。不久，我的作品《公園生活》獲得芥川賞，但那部作品幾乎像什麼也沒寫一樣（笑）。能夠完成這項工作並得到肯定給了我很大的信心。如果我是以寫出我想寫的而得獎，之後恐怕會陷入困境。因為那會讓我認為，只有這樣寫，作品才會被肯定。

之後，當我真的發表扎實的作品時，我收到更多「啊，傳達到了」的感想。這種情況不斷累積，任由讀者詮釋的情況也漸次增加。現在我甚至覺得，可能什麼都不寫，它也能傳達出去（笑）。不過，讀者有各形各樣，我不認為每個人都能理解我的作品。

第三本《橫道世之介》

問：《永遠與橫道世之介》（永遠と横道世之介）正在《每日新聞》連載中。

吉田：在第一部作品《橫道世之介》中，世之介的年齡是十八歲到十九歲，第二部《續．橫道世之介》中，他的年齡是二十四歲到二十五歲。這次是三十八歲到三十九歲的故事。寫完續集後和編輯談話時，不知怎的，我開始看到三十幾歲的世之介，想寫出來。

問：《橫道世之介》是關於泡沫經濟時期的故事呢。小說對當時的流行等細節描寫得很好，據說您參考了自己當時的日記。

吉田：說日記有點誇張，但我到今天都還會寫筆記，例如今天就會是「在文春接受採訪」之類的話。這次的連載也是一邊回顧當時的筆記一邊寫的，故事的時間背景是二〇〇七到二〇〇九年，所以並不覺得現在和當時有太大的差異。

前一部《續．橫道世之介》是一九九三到一九九四年的故事，與今日有很大不同。現在便宜的西服很常見，對吧？兩萬日圓左右就可以買一套西裝。但那時候西服很貴。根據我的筆記，我曾分期買過一件毛衣。

問：世之介的故事是三部曲嗎？

吉田：目前來說是的。其實我希望以年為單位，記錄下世之介從出生到離世的整個人生。就算做不到，也想以衍生作品的形式來寫《少年橫道世之介》。

問：以前，您曾提到正在創作的作品角色對您會造成影響。例如在寫《太陽不會動》這樣的間諜故事時，您活力充沛，寫世之介時卻容易散漫。那麼現在呢？

吉田：現在還是散漫（笑）。

文學森林LF0177

陽光小姐
ミス・サンシャイン

作者
吉田修一
生於長崎縣。一九九七年以《最後的兒子》獲文學界新人賞，二〇〇二年以《同棲生活》獲山本周五郎賞、《公園生活》獲芥川賞，二〇〇七年以《惡人》獲每日出版文化賞、大佛次郎賞，二〇一〇年以《橫道世之介》獲柴田鍊三郎賞，二〇一九年以《國寶》獲藝術選獎文部科學大臣賞、中央公論文藝賞。為日本代表性作家，作品曾譯為英文、中文、法文、韓文等多國語文。二〇一六年起擔任芥川賞選考委員。

譯者
劉姿君
日文譯者，譯有《國寶》、《路》、《最後的兒子》、《再見溪谷》、《少年》、《世上神不多》、《那些得不到保護的人》等。

封面設計　謝佳穎
版面構成　楊玉瑩
版權負責　李家騏
行銷企劃　黃蕾玲、陳彥廷
編輯協力　李家騏
副總編輯　梁心愉
初版一刷　二〇二三年八月二十八日
定價　新台幣三六〇元

ThinKingDom 新経典文化
發行人　葉美瑤
出版　新經典圖文傳播有限公司
地址　臺北市中正區重慶南路一段五七號十一樓之四
電話　02-2331-1830　傳真　02-2331-1831
讀者服務信箱　thinkingdomtw@gmail.com
FB粉絲專頁　https://www.facebook.com/thinkingdom/

總經銷　高寶書版集團
地址　臺北市內湖區洲子街八八號三樓
電話　02-2799-2788　傳真　02-2799-0909
海外總經銷　時報文化出版企業股份有限公司
地址　桃園市龜山區萬壽路二段三五一號
電話　02-2306-6842　傳真　02-2304-9301

國家圖書館出版品預行編目(CIP)資料

陽光小姐/吉田修一著；劉姿君譯. -- 初版. --
臺北市：新經典圖文傳播有限公司, 2023.08
288面；14.8×21公分. -- (文學森林；LF0177)
譯自：ミス.サンシャイン

ISBN 978-626-7061-82-4(平裝)

861.57　　112012892